반짝반짝 샛별야학

최하나 장편소설

반짝반짝 샛별야학

차례

. . . .

프롤로그

수림은 아침밥을 챙겨 먹자마자 집을 나섰다. 목적지는 집 앞 스터디카페. 몇 주 전, 3년도 넘게 비어 있던 집 앞 건물 2층 사무실을 공사하는 모습을 보았다.

"저 자리에 드디어 뭔가 들어오네?"

"근데 2층에 가게 내면 장사가 되나?"

"모르지 뭐. 나는 코인 노래방이나 들어왔으면 좋겠는데 흐흐."

"아서라 아서. 절대 안 돼요. 누구 좋으라고?"

엄마가 정색하며 대답했다.

수림의 고등학교 생활은 생각보다 빡빡했다. 야간 자율

학습은 자율이라더니 자율이 아니었다. 담임 선생님은 학원 다니는 사람 말고는 모두 신청서를 내야 한다고 했다. 그렇게 수림은 에잇 투 일레븐(8 to 11) 고3 수험 생활을 시작하게 되었다. 유일한 낙은 친구들과 함께 가는 코인 노래방이었는데 집 근처에는 없는 터라 내심 하나 생겼으면 하고 바라오던 차였다. 하지만 그 바람이 무색하게도 스터디카페가 생겼다.

'엥? 미친 거 아니야?'

그 사실을 안 게 불과 일주일 전. 수림은 스터디카페를 보며 고개를 갸웃거렸다. 이곳은 아파트라고는 찾아볼 수 없는 동네였다. 게다가 노인이 대다수였다. 스터디카페라니, 장사가 될 리 없었다. 차라리 2층에 반찬가게를 내는 게 나을지도 몰랐다. 하지만 정작 고3인 수림에게는 필요한 곳이었다. 코인 노래방이 아니어서 살짝 실망하기는 했지만. 어쨌거나 호기심 반 공부할 마음 반으로 '정석 스터디카페'에 등록했고, 일요일 아침부터 이곳을 찾은 이유였다.

"엉? 생각보다 사람 많네? 웬 23명? 다 어디서 온 거?"

의외의 상황에 수림은 자기도 모르게 중얼거렸다. 전체 59석 중 절반 가까이가 차 있었다. 물론 오픈 기념 이벤트로 4주 등록하면 4주를 더 주기는 했지만 그래도 역시 이상한 건 마찬가지였다. 남은 자리 중에 창가 4번을 고르고 안으로 들어선 수림은 궁금증을 이기지 못하고 슬리퍼로 갈아 신지도 않은 채 문을 살짝 열어 내부부터 확인했다. 그런데 정말로 사람들이 주르르 한 줄로 앉아 공부를 하고 있었다.

'이게 오픈발이가?'

신기해하며 슬리퍼로 갈아 신고 안으로 들어서려다가 먼저 커피를 뽑기 위해 휴게실로 향했다.

"대박이네. 완전 좋다. 이래서 오는 건가?"

휴게실에는 커피머신까지 갖춰져 있었다. 캡슐을 넣고 농도를 조절할 수 있는 제품이었다. 신이 난 수림은 큰 컵을 아래에 놓고 아메리카노 추출 버튼을 눌렀다. 그런데 커피는 나오지 않고 물만 나왔다.

'이상하네……. 벌써 고장이라고?'

당황해 다시 한번 시도해봤지만 역시 물만 나왔다. 물어볼 사람을 찾아 주위를 두리번거렸으나 아무도 눈에 띄지 않았다. 무인으로 운영되다 보니 마땅한 방법이 없었다. 휴게실을 나가 지나가는 사람이라도 붙잡고 물어보는 수밖에. 그때 나이 지긋한 어르신이 컵을 들고 휴게실로 들어섰다. 일흔은 가까워 보였다.

"사장님! 저기…… 이거 머신 잘 안 되는데요. 어떻게 사용하는 거예요? 물만 나와요. 커피는 안 나오고요."

수림이 다급하게 물었다. 하지만 어르신은 대답 대신 테이블 앞에 자리를 잡고 앉았다.

'뭐지? 못 들으셨나? 설마…… 귀가 어두우신가?'

수림은 잠시 망설이다가 다가가 어르신의 어깨를 살짝 건드렸다.

"저 사장님, 커피머신이 잘 안 돼요. 한번 봐주셔야 할 것 같은데요?"

"커피머신이 고장 났다고? 잠깐 기다려봐요."

천천히 자리에서 일어난 어르신이 커피머신 쪽으로 가더니 캡슐 투입구를 잡아 당겼다. 그러고는 거기 걸린 캡슐을 빼내어 수림에게 보여주었다.

"여기 걸려서 그래. 깊숙이 집어넣어야 커피 추출이 된다고. 나도 저번에 한 번 그래서 알지."

"사장님도 커피 드셔보셨구나. 감사합니다!"

수림이 싹싹하게 인사를 하고 돌아서는데 등 뒤에서 어르신의 말소리가 날아왔다.

"근데 나 사장 아닌데?"

"네?"

"나 여기 사장 아니라고. 사장 따로 있어."

"아, 그럼 도와주러 오신 거예요?"

"아닌데. 나 공부하러 왔는데?"

"네?"

"시험 기간이라 공부하러 왔지. 학생도 시험 때라 온 거 아니야?"

"맞……죠. 근데 어떤 시험 보세요? 혹시 공인중개사 시험?"

"아니. 중간고사."

"중간고사요?"

"응. 학생은 몇 학년이야? 고등학생인가?"

"저요? 저는 고3이에요."

"아휴, 수험생이라 힘들겠네."

"어르신은…… 어디 다니시는데요?"

"할머니라고 불러. 뭘 어르신까지."

"아……. 할머니는 어딜 다니시는데요?"

"어딜 다녀 다니긴. 학교지. 나는 중1."

"중1이요?"

"한참 후배지? 모르는 것 있음 좀 물어볼게. 학생도 시험 잘 봐."

그렇게 말하고는 쿨하게 휴게실을 나갔다. 수림은 좀 얼떨

떨해서 한동안 어르신이 빠져나간 출입문만 바라보고 서 있었다.

나이 68세. 이름 김행자. 어르신은 정말로 중학생이었다. '샛별야학' 중학 1반. 찢어지게 가난한 집 5남매 중 맏이로 태어나 돈 때문에 국민학교도 도망치듯 그만두어야 했다. 그후 안 해본 일이 없었다. 어머니가 운영하는 떡방앗간에서 허드렛일을 돕기도 하고 공장에서 이른바 시다로 일도 하고 행상도 했다. 그러다가 스무 살에 지금의 남편을 만나 결혼 후 서울로 올라와 농산물 도매 일을 시작하게 되었다. 도매시장 한쪽에 조그마한 가게를 얻어 '연비청과'라는 간판까지 내걸었지만, 장사는 그리 잘되지 않았다.

그러던 어느 날, 도매시장까지 나올 시간이 없는 상인들을 위해 직배송을 해보자는 아이디어가 떠올랐고 그길로 남편과 중고 트럭을 하나 샀다. 식당들을 돌며 새벽에 가게 앞으로 채소와 과일을 배달해주겠다고 홍보를 하고 하나하나 계약을 맺은 게 대박이 났다. 그때부터 김행자 할머니는 새벽 두 시에 일어나 도매시장에서 물건을 떼다가 새벽 네 시부터 가게들을 돌며 배달을 했다. 남들은 쉽게 돈 벌었다고 하지만 청과 배달 일은 절대 만만하지 않았다. 남들 다 누리는 새

벽잠을 포기하고 시작한 일이었다. 손에는 굳은살이 박이고 지문까지 닳아 없어져 주민센터에서 서류 한 장을 떼려고 해도 애를 먹었다. 게다가 그 사이 큰 교통사고도 두 번이나 겪었다. 쉰이 가까워 오자 체력이 부치기 시작해 잘되던 연비청과를 정리하고 한식 뷔페식당을 시작했다. 돈을 벌자고 시작한 일은 아닌데 끼니 챙기기 어려운 어르신들을 비롯해 밥 때를 번번이 놓치는 자취생들이 모여들며 장사가 제법 잘되었다. 덕분에 노후는 크게 걱정할 필요가 없어졌다. 평생 돈이 그녀를 졸졸 쫓아다녔다. 하지만 끝마치지 못한 학업은 천추의 한으로 남아 있었다. 무엇보다 가난 때문에 자신의 가방끈이 짧아졌다는 걸 알면서도 번번이 제대로 배우지 못하면 쌍놈이나 다름없다고 어깃장을 놓는 아버지가 죽도록 밉고 원망스러웠다.

"망할 놈의 노친네. 내가 이렇게 된 게 다 자기 때문인데!"

명절이라고 5남매에 조카에 증손주까지 다 모인 자리에서도 못 배운 자식 노래를 부르다가 거나하게 취하곤 했다. 이에 화가 나서 바락바락 대들면 아비는 자기 잘못은 깨닫지 못하고 자신보다 먼저 노망난 자식이 여기 있다면서 성을 내고 자리를 떴다. 그때부터였을까? 행자 할머니는 죽기 전에 꼭 졸업장을 따서 복수하리라 마음먹었다. 정작 그 복수의

칼끝이 향하는 곳이 아버지인지 세상인지 아니면 자신의 과거인지도 명확히 모르는 채. 그리고 몇 달 뒤, 우연히 길가에서 발견한 전단 한 장이 그녀의 복수에 불을 붙였다.

샛별야학 신입생 모집!
미뤄왔던 졸업의 꿈을 이루세요. 훌륭한 강사진이 도와드리겠습니다.
남녀노소 대환영!!

그리고 그렇게 행자 할머니는 어느 가을날, 중학생이 되었다.

첫날

이런 기분을 느껴본 게 도대체 얼마 만일까? 행자 할머니는 사각거리는 소리를 들으며 잠시 회상에 빠졌다. 국민학교에 다니던 시절 같은 반 친구들에게 그녀는 반듯한 글씨체로 유명했다. 어릴 적, 심심할 때마다 어머니가 가져다준 펜글씨 교본을 따라 연습한 게 그 비결이었다.

"행자 너 글씨 아주 잘 쓴다? 어른 글씨네. 앞으로도 이렇게 예쁘고 바르게 써. 알았지?"

한번은 그녀의 필기를 본 선생님이 머리를 쓰다듬으며 칭찬한 적도 있었다. 네모 칸에 한 자 한 자 정성껏 써 내려가는 일은 곧 행자가 가장 좋아하는 취미가 되었다. 또한 유일한 자부심이기도 했다.

"아얏!"

그때 생각에 빠져 주의를 소홀히 한 나머지 행자 할머니는 커터 칼에 손을 베였다. 빨간 핏방울이 송골송골 맺혔지만 아픔은 크지 않았다. 얼른 입으로 손가락을 몇 번 빨자 원래의 말간 손이 되었다. 행자 할머니는 다시 정성껏 연필을 깎았다. 그러는 동안 몇 번이고 익숙하고 행복했던 기억 속으로 빨려 들어갔다.

"자, 됐다."

달그락 소리가 나는 플라스틱 필통에 제법 가지런히 깎은 연필 다섯 자루가 놓였다. 그 위에는 무늬가 없는 자그마한 직사각형의 지우개도 함께였다. 흐뭇한 미소를 지으며 뚜껑을 닫았다. 이제는 가방을 확인할 시간. 미리 문구점에서 산 칸 노트와 줄 노트 세 권을 꺼내어 확인했다.

"아차……."

행자 할머니는 막 깎아 넣은 연필 한 자루를 꺼내 노트에다 자신의 이름 세 글자를 또박또박 적었다.

김 행 자

그러고는 몇 번이고 노트를 쓰다듬다가 필통과 함께 가방에 넣어 침대 밑에 놓아두었다. 불을 끄고 자리에 누웠다. 남편은 옆방에서 진작 잠들었으리라. 행자 할머니는 완전한 어둠 속에서 막연한 내일을 그려보다가 벽 쪽으로 돌아누웠다. 정성스럽게 양을 세기 시작했다.

'양 한 마리 양 두 마리 양 세 마리……'

하지만 잠은 헹지 할머니글 메니시시 뭇했다. 다시 한번 몸을 반대쪽으로 틀었다. 가슴이 조용히 뛰고 있었다.

'소리가 들리네……'

행자 할머니는 이 기묘한 감정을 언제 마지막으로 느꼈는지를 가만히 떠올렸다. 첫 집 장만 첫 출산 등이 스쳐 갔지만, 절대 똑같지 않았다. 그러다가 소풍이라는 두 글자에 생각이 가닿았다. 마지막 반 소풍날. 학교 근처 뒷산에 돗자리를 펴고 아이들과 싸 온 김밥을 우유와 함께 먹으며 희희낙락하던 때. 보물찾기 상품에 눈이 멀어 산 반대편까지 갔다가 선생님에게 혼이 났던 때. 흙이 묻은 돗자리를 그대로 집에 가져갔다가 어머니에게 잔소리도 들었었지. 그래도 좋았다. 행자 할머니의 입가로 다시금 미소가 번졌다. 이날 밤은 양을 천 마리나 넘게 셀 때까지 잠들지 못했다. 새벽이 찾아올 즈음이 되어서야 까무룩 잠이 들었다.

이튿날 오후, 행자 할머니가 등교 준비로 바쁜 와중에 휴대전화 벨이 울렸다. 아들이었다.

"엄마, 진짜 갈 거야?"

"뭔 소리야?"

"그거 진짜 갈 거냐고. 가지 마. 응?"

"이미 다 끝난 얘기야. 더는 말 꺼내지 마! 엄마 성격 알지? 기면 기고 아니면 아닌 거. 무르는 건 없어. 내 사전에 없는 말이야."

"아니…… 왜 그 나이에 사서 고생하냐고. 나는 엄마가 고생하는 거 싫어. 이제 더는 못 보겠어."

"고생도 내가 사서 하면 행복한 거야. 됐어. 끝!"

"아이, 엄마. 거기 가봐야 작은 글씨 붙잡고 눈씨름하느라 머리만 아프다니까. 괜히 그 나이에 그런 데다 힘쓰면 병 생겨요. 몰라?"

"나 위한다고 하는 말 아닌 거 안다. 1절만 해라."

"그러지 말고 엄마. 이쁜 손녀나 보면서 노년을 누려. 애들이 좀 이뻐?"

"헛수작 부리지 마. 다 알아. 정 보고 싶으면 내가 알아서 갈 테니까."

"아니, 엄마 그러지 말고. 혜인이도 점점 일이 많아져서 힘들단 말이야. 그러니까 거기서 힘 빼지 말고 애도 봐주고 그러면 좋잖아요."

"몇 번을 얘기해도 안 돼. 안 된다고 했어. 끊는다. 잘 지내."

행자 할머니는 아들의 말을 더 들을 것도 없이 그대로 전화를 끊어버렸다. 학교에 다니겠다고 선언한 이후로 계속되어온 회유였다. 아들 부부는 맞벌이인 데다가 며느리 친정이 차로 한 시간 거리에 있는 터라 자신에게 손녀를 맡기려 한다는 걸 알고 있었다. 하지만 학업을 다시 시작하기로 한 결정을 무를 수는 없었다. 발을 동동 구를 자식의 모습이 신경 쓰이지 않는 건 아니었지만 대기업 차장 타이틀을 달고 있어 학원을 보내도 돌보미를 구해도 모자람이 없을 터였다. 그런 앓는 소리에 마음 약해지면 안 된다고, 이번이 정말 마지막일지도 모른다고 이미 마음을 굳게 먹은 터였다. 그리고 오늘은 첫 등교 날이었다. 이제 와 무를 수는 없다고 다시 한번 각오를 되새기며 고개를 가로저었다.

샛별야학으로 가기 위해서는 반드시 넘어야 하는 언덕길이 있었다. 젊은 사람들에겐 모르겠으나 노인들에겐 아주 쥐약인 곳이었다. 행자 할머니는 심호흡을 한 뒤 양손으로 허리를 짚고는 천천히 발을 내디뎠다.

'다음에는 유모차라도 끌고 올까? 아니다⋯⋯. 그건 칠순

이나 되면……. 벌써 그러면 버릇된다고.'

허리통증이 심해질 때마다 유모차 생각이 간절했다. 요즘 노인들은 지팡이 대신 빈 유모차를 끌고 움직였다. 하지만 그 나이는 보통 70이 지나서였다. 지금부터 그럴 수는 없다는 생각에 행자 할머니는 다시 힘을 짜내어 걸음을 옮겼다. 그렇게 얼마나 갔을까. 멀리 샛별야학이 세 들어 있는 건물이 눈에 들어왔다. 외장재가 군데군데 떨어져 시멘트 마감이 드러난 오래된 건물이었다. 엘리베이터가 있을 리 만무했다. 건물을 올려다보니 3층 창문에 샛별야학이라고 쓴 시트지가 붙어 있었다. 글자 하나는 거의 너덜거리는 수준이었지만.

"이잉……."

앓는 소리가 자신도 모르게 새어 나왔다. 하지만 여기서 멈출 수는 없었다. 행자 할머니는 33권법을 사용하기로 했다. 그건 그녀가 만든 것으로 세 발자국 간 뒤 3초 쉬었다가 다시 출발하는 방법이었다. 60이 되고 나서부터는 지하철역 계단을 한 번에 오르내리기가 힘들어졌다. 그렇다고 매번 엘리베이터의 도움을 받고 싶지는 않았다. 그것이 노인이라는, 이제 노화가 되었다는 뚜렷한 증거 같아서 조금이라도 그 시기를 늦추고 싶었다. 정 힘든 날에만 간헐적으로 엘리베이터를 이용하기로 나름의 원칙을 세웠다. 그래서 계단 난간을 잡고 옆으로 오르되 세 걸음 가면 한 번은 반드시 쉬기로 한 것이었다. 덕분에 인천에 사는 딸네 집도 지하철역 엘리베이터를 한 번도 이용하지 않고 계단으로만 오르내려 다녀올 수 있었다.

행자 할머니는 건물로 들어가 자신 앞에 마치 만리장성처럼 버티고 있는 계단을 오르기 시작했다. 조금씩 천천히 밟고 올라서는 게 나쁘지만은 않았다. 학생으로 돌아간다는 설렘을 초콜릿 녹여 먹듯 오래도록 만끽할 수 있었으니까.

"어르신 안녕하세요. 저는 여기 샛별야학에서 교수부장을 맡고 있는 서기정이라고 합니다. 지난번에 저하고 입학 상담 하셨죠?"

감색 셔츠를 입고 동그란 안경을 낀 남자가 행자 할머니의 두 손을 덥석 잡고는 알은체했다. 행자 할머니는 말 대신 수줍게 웃어 보이며 고개를 끄덕였다.

"오늘 첫 수업인데 오는 길은 힘들지 않으셨어요? 저희가 3층이라서 힘들어하시는 어르신들도 계시거든요. 얼른 낮은 데로 이사 가야 하는데 너무 죄송할 따름이에요."

"아니에요……. 뭐……."

행자 할머니는 인자한 미소를 지으며 말꼬리를 흐렸다. 그

러자 교수부장이라는 남선생이 따라오라는 몸짓을 하며 그
녀를 교실로 안내했다.

중학 1반이라고 쓰인 A4 용지가 교실 문에 붙어 있었다.
남선생이 문을 열고는 안으로 들어가라고 했다. 행자 할머니
는 머뭇거리며 교실로 들어섰다. 스무 명 정도나 수용할 수
있을까, 그 작은 공간에 이미 대여섯 명의 학생들이 먼저 와
앉아 있었다. 흰머리를 까맣게 염색한 이, 특유의 컬이 살아
있는 뽀글 파마를 한 이, 단정하게 가운데로 가르마를 타고
붉은빛이 도는 단발머리를 한 이 등. 행자 할머니는 그중 단
발머리 학생 옆에 앉았다.

"안녕하세요?"

자신보다 대여섯은 어려 보이는 학생에게 먼저 인사를 건
네며 조심스레 가방을 열었다. 노트 세 권을 꺼내서 차례로
포개놓고 그 옆에 필통을 놓은 다음 뚜껑을 열어 연필과 지
우개를 꺼냈다. 휴대전화를 확인하니 아직도 20여 분 더 남
았다. 초조한 마음에 연필을 쥐었다가 놓고 지우개를 들었
다가 내려놓기를 반복하니 옆에서 픔, 하는 웃음소리가 들
려왔다.

"어머, 뭘 그렇게 긴장하세요오. 이거 한 잔 드세요오."

소리가 난 쪽으로 고개를 돌렸다. 통로를 사이에 둔 건너

편에 자리 잡은 할머니였다. 목에 스카프를 둘렀고, 나이는 알 수 없지만 어쨌든 자신보다는 젊어 보였다. 그녀가 보온병의 뚜껑을 열더니 믹스커피를 따라주며 마시라고 했다. 진한 커피 향이 행자 할머니의 코끝을 자극했다.

"고맙습니다."

익숙한 맛이 가슴을 타고 내려가자 초조함도 조금 가시는 듯했다.

"저는 여기서 문해력 반부터 했어요오. 박시옷이에요오."

"반가워요. 저는 김행자예요. 오늘 처음 왔어요."

"별거 없어요오. 똑같아요오. 학교 다닐 때랑. 아마 우리 반 담당은 서필원 선생님이실 건데 아주 시원시원하고 좋아요오. 베테랑이라니까? 여기서 가르치신 지 10년도 넘으셨대요오. 그러니까 걱정하지 마세요오."

"아 네, 고마워요."

행자 할머니는 애교가 잔뜩 섞인 시옷의 말투가 귀엽다고 생각했다. 그제야 마음이 놓였다.

'알아서 잘해주시겠지.'

교실의 나머지 자리들도 이내 차고 눈인사하기에 바쁜 와중에 누군가 교탁 앞에 서는 기척이 났다. 행자 할머니는 고개를 돌려 앞쪽을 봤다. 긴 생머리에 뽀얀 피부. 숱이 많은

검은 눈썹. 분홍빛이 도는 두 볼과 반짝거리는 입술. 자기 아들보다도 훨씬 어려 보이는 젊은 여선생이었다.

"다 오셨죠? 안녕하세요, 저는 중등 국어를 맡게 된 정승지라고 합니다. 여기 크게 한번 적어볼게요. 저도 오늘이 샛별야학에서의 첫날이라 떨리네요. 잘 부탁드립니다."

행자 할머니는 당황해 시옷을 돌아봤는데 그쪽도 당황한 건 마찬가지였다. 하지만, 그렇게 말로만 듣던, 그 유명한 MZ세대를 만나게 되었다. 그것도 선생과 학생의 신분으로.

자기소개

"저, 그럼 오늘은 첫날이니까 서로 어떤 분들인지 아셔야 할 것 같기도 해서…… 자기소개 시간을 가져보려고 합니다. 괜찮으시죠? 앞에서부터 쭉 돌아가면서 인사 나누실 건데 뒤에 앉은 분은 잘 안 보이실 테니까 자리에서 일어나셔서 뒤돌아서 해주시면 될 것 같습니다. 그럼 맨 앞에 앉으신 분부터 시작할게요."

그렇게 한 사람씩 일어섰다 앉기를 반복하며 느릿느릿 인사를 이어갔다. 대부분 60대였다. 행자 할머니는 손으로 자신의 차례를 세어봤다.

'앞으로 다섯 더.'

무대공포증이 있는 행자 할머니는 일을 할 때면 시원하고 서글서글하다는 평을 듣다가도 여러 사람 앞에 서면 머리가 하얗게 변해 할 말도 우물쭈물하다 내려오기 일쑤였다. 통장을 하던 시절에도 그랬다. 주민들을 만나 살갑게 인사 나누고 꽤 까다롭게 구는 이들의 민원도 잘 받아주면서 월례회의에만 참석하면 누가 자신에게 말이라도 시킬까 노심초사하며 구석에서 최대한 시선을 피해 앉았다가 돌아오곤 했다.

'이름만 말하고 바로 앉자.'

행자 할머니는 속으로 무엇을 말할지 고민하다가 점차 발이 차가워지는 걸 느끼고는 통성명만 하는 것으로 생각을 바꿨다. 그런 와중에 바로 앞사람이 앉은 채 자기소개를 시작했다.

"저, 선생님. 전 그냥 앉아서 할게요. 뭘 그리 번거롭게 나이도 있는데 일어서라 마라 하세요. 이 나이 돼봐. 일어섰다가 앉았다가 하는 게 쉽나. 아직 뭘 몰라서 그러지."

순간 교실 분위기가 싸해졌다. 학생들은 민망한 눈빛으로 서로를 돌아보았다. 행자 할머니는 선생님의 눈치부터 살폈다. 아니나 다를까, 얼굴이 하얗게 질렸고 입술도 퍼렇게 변해 있었다. 예상치 못한 타격에 아무 말도 못 하고 그저 경직된 자세로 서 있기만 했다. 교실 분위기를 싸하게 만든 주범

이 말을 이었다.

"나는 박선녀고요, 세탁소 해요. 저기 밑에 대박세탁소니까 샛별야학 선생님이랑 학생들은 꼭 우리 집으로 와요. 그리고 우리 아들은 서울에 있는 엄청 유명한 학교 나왔어요. 이름이 뭐라고 그랬지…… 아튼 어릴 때부터 뚜뚜했어요. 그 과 머시기 학교 보내려다가 그냥 일반 학교 나왔고 지금은 회사 다녀요. 자기 앞가림은 똑 부러져서 내가 도와주고 말고 할 것도 없지. 이것도 우리 아들이 데리고 와서 등록해준 거야. 얼마나 어미한테 살가운데. 열 딸 가진 사람 부럽지 않다니까? 그리고……."

"아이, 이러다 시간 다 가겠네. 혼자만 사는 세상인가?"

어디선가 볼멘소리가 터져 나왔다. 자식 자랑을 줄줄 늘어놓으며 시간을 다 까먹고 있는 것에 대한 소심한 복수였다. 게다가 역지사지로 여러 사람 앞에서 자신도 한번 창피를 당해보라는 뜻도 담겨 있었다.

"아니 말하라고 준 시간인데 말도 못 해? 어디 뚫린 입이라고 막 지껄여? 누구야? 누군데?"

"나다. 나요. 나 석순자라고 해요. 아니 여기 지금 기다리는 거 안 보여요? 응? 20분도 안 남았는데 자기소개는 언제 끝내고 수업은 언제 하라고 혼자만 주야장천 떠들어요?"

그 말에 용기를 낸 학생들이 한마디씩 보태기 시작했다.

"거 좀 짧게 합시다."

"누군 자식 없나."

"세상에서 젤 듣기 싫은 게 남의 자식 자랑이야. 그런 것도 안 배웠나."

"교양 좀 갖추세요."

싫은 소리가 쏟아지자 박선녀는 마지못해 자기소개를 마치면서도 으름장 놓는 걸 잊지 않았다.

"어디 말 많이 하기만 해봐라. 입을 확……."

그 통에 다시 교실 분위기가 험악해졌다. 불행하게도 다음 차례가 행자 할머니였다. 책상 아래 두 다리가 달달 떨렸다. 눈앞이 하얘져서 사람들이 의아하게 쳐다보는 것도 알지 못했다. 야속하게 시간만 흘렀다. 그 순간 건너편 자리의 박시 옷이 나섰다.

"제가 먼저 할게요. 괜찮으시죠오?"

콧소리가 잔뜩 들어간 특유의 애교 넘치는 말투로 운을 뗐다. 그와 동시에 행자 할머니에게 괜찮다는 표시로 윙크를 해 보였고, 행자 할머니는 고맙다며 고개를 살짝 끄덕였다.

"제 이름은 박시옷이고요. 요즘 말로 취미 부자라고 하더라고요. 경험하는 걸 좋아해요오. 최근에는 등산에 빠져서 일주일에 한 번은 꼭 산에 올라요. 사진 찍는 것도 좋아해요 오. 제가 여러분 사진도 종종 찍어드릴게요오. 잘 부탁드립 니다아. 그럼 이마안."

박시옷이 자리에 앉자 여기저기서 뒤늦게 웃음이 터져 나 왔다. 말끝을 길게 늘이는 특유의 만투도 그럼지민 갱픽빈 분위기를 녹일 줄 아는 부드러움과 천진난만함이 배어 있어 서였다. 그사이 얼음장 같던 반 분위기도 녹아 행자 할머니 가 말을 해도 부담스럽지 않은 상태가 되었다. 그녀는 힘을 주어 자리에서 벌떡 일어났다.

"안녕하세요, 제 이름은 김! 행! 자!입니다. 많이 배우지 못 한 한을 풀기 위해 이 자리에 왔고요. 우리 선생님이 가르쳐 주시는 거 열심히 듣고 배우겠습니다. 앞으로 잘 부탁드리겠 습니다."

행자 할머니는 간단명료한 소개를 끝내며 정승지를 향해 90도 인사를 했고 이에 당황한 선생님도 뒤늦게 고개를 숙 여 화답했다.

"자 그러면 다음 분 이야기 들어볼까요?"

승지는 자신감을 되찾았는지 순서대로 다시 진행하기 시 작했다.

"안녕하시죠? 저는 석순자고요. 다양한 분들을 만나 이야기 좀 들어보려고 왔어요. 뭐 이상한 사람도 개중엔 있겠지만."

"뭔 소리야?"

"거 좀 앉아서 쫑얼쫑얼대지 말고 다른 사람 말 좀 들으라고요!"

선녀가 투덜대자 자기소개를 하던 석순자가 화가 나 소리쳤다. 다시 반 분위기가 냉랭하게 얼어붙었다. 누구도 그 둘을 막지 못했다. 그때였다. 무대공포증이 있는 행자 할머니가 나선 것이.

"우리 찬찬히 해요."

그러면서 석순자의 엉덩이를 살짝 두드렸다. 갑작스러운 스킨십에 당황한 석순자는 말을 잇지 못하고 자리에 앉았다. 마지막 사람이 배턴을 이어받았다.

"안녕들 하세요? 엄필숙이라고 합니다. 저는 가진 게 돈뿐이 없는 사람이고요. 하하하 농담이에요. 아들과 같이 비즈니스를 하고 있습니다. 취미는 골프고요. 언제 관심 있으신 분 라운딩 같이 해요. 제가 가는 데로 모실게요. 그럼 잘 부탁합니다."

의외의 복병이 나타나 분위기를 반전시키는 바람에 선녀의 활약이 잊힌 듯했다. 승지가 나서서 마무리를 지어야 할

타이밍이었으나 경험 부족 탓인지 버벅거리다가 손뼉을 치며 간신히 수습했다.

"네. 수고들 많으셨습니다. 오늘 진도를 나가야 하는데요. 교재…… 그러니까 교재를…… 8페이지를 펴주시면 됩니다."

승지는 책을 펴다가 출석부를 떨어뜨렸고 그걸 줍다가 그만 교탁에 머리를 박고 말았다. 그러자 선녀가 크게 웃음을 터뜨리며 말했다.

"아이고오. 조심성도 없어 가지고 결혼은 어떻게 하려고 그래?"

승지는 어디론가 사라지고 싶은 심정이었다. 얼굴이 벌겋게 달아올랐다. 쪼그려 앉은 채 일어서지도 못하자 누군가 선녀를 향해 일침을 가했다.

"요즘 누가 결혼 필수래? 너무 뒤떨어졌다. 결혼하면 개고생이지 뭐. 하여간 말을 막 해. 무식하게시리. 쯧쯧."

순자였다. 다시 등판한 순자는 선녀와 한판 뜰 기세로 으르렁거렸다. 이대로 뒀다가는 수업은 시작도 못 해보고 끝날 게 뻔했다. 무려 첫 수업인데도.

"이제 그만!"

또랑또랑한 말투가 허공을 갈랐다. 크진 않지만 제법 단

자기소개   31

단한 목소리였다. 행자 할머니의 말에 모두 다시 교재로 시선을 돌렸다. 선녀와 순자도 머쓱해하며 책을 펼쳤다. 그 사이 승지가 일어서 간신히 수업을 시작할 수 있었다. 그렇게 10분 남짓 국어 수업이 이어지고 학생들은 언제 그랬냐는 듯 집중하고 경청했다. 분필을 쥐고 열심히 필기하며 목소리를 높이는 선생님을 바라보던 행자 할머니는 어느 순간 눈이 마주치는 걸 느꼈고 그 눈빛에서 고마움을 읽었다. 그래서 똑같이 마음을 담아 눈을 지그시 바라봐주었다.

'뭘요. 잘 부탁합니다. 선생님.'

그날 밤, 돌아오자마자 씻지도 못하고 소파 위에 드러누운 행자 할머니는 그대로 잠이 들었다. 새벽에 거실로 나왔다가 깜짝 놀란 남편이 방으로 데리고 들어가기 전까지 배를 내놓고 코까지 골며 잠에 빠져 있었다. 그 와중에 잠꼬대도 잊지 않았다.

"나 중학생. 나 중학생."

그렇게 고달프고도 설레는 첫날이 지나갔다.

살다 보면

"야, 웬일이야?"

"어? 그냥 그런 날 있잖아."

"그래도 여태껏 이런 적 한 번도 없었잖아. 술 마시면 온몸에 두드러기 나는 것 같다고 그렇게 빼던 애가……. 갑자기 술 마시자고? 무슨 일 있어? 너 갑자기 변하고 그러면 안 되는 거 알지?"

"알아. 근데 그냥 그런 날 있잖아. 술 땡기는 날. 너도 있었을 거 아냐. 설명 더 필요해?"

"아니 뭐…… 알지. 근데 너 조심해야 하는 거 알지? 술이 막 쭉쭉 들어가고 몸이 막 땡기는 날이 젤 위험한 거야. 그런

날 잘못하면 골로 간다. 응?"

"네네. 알았습니다. 근데 오늘은 좀 그냥 나 내버려둬라. 내가 이렇게까지 말한 적 있냐? 그냥 내 술 상대나 해줘."

"그래 알았다. 오늘은 내가 딱 붙어 있을 테니까 마셔라."

그렇게 승지와 친구는 어묵탕을 앞에 두고 소주잔을 기울였다. 병이 하나둘 늘어날 때마다 승지는 조금씩 흐트러지더니 어느덧 초점이 나간 눈으로 본론을 꺼내기 시작했다.

"나 넘 힘들어. 진짜 힘들어. 진짜진짜 힘들어."

"뭐가 힘든데?"

"아니, 돈 받고 하는 일도 아닌데 이렇게 힘들어도 되는 거야?"

"니가 무슨 돈을 안 받고 뭘 하는데? 알반데 돈을 안 줘?"

"아니. 알바 아니지. 그래서 더 힘들지."

그렇게 말하며 승지가 소주잔을 든 손을 힘껏 꺾어 한입에 털어 넣더니 찌푸린 표정으로 말을 이었다.

"알바 아니고 봉사활동."

"엥? 무슨 봉사활동이 이렇게 술을 퍼마실 정도로 힘들어? 힘든 일 시켜? 막 박스 나르고 그래?"

"아니…… 무슨……."

친구의 말에 웃다가 사레가 들린 승지는 캑캑거리다 입과

코로 소주를 쏟아내기 시작했다. 친구가 급히 휴지를 찾았지만 티슈 갑은 비어 있었다. 호출 벨을 눌러 직원을 불렀다. 그때 몸을 가누지 못하던 승지가 테이블 위로 쓰러지며 술잔과 빈 병이 덩달아 넘어지고 테이블 위를 굴렀다.

"아, 정신 좀 차려봐!"

놀란 친구가 소리치자 승지가 벌떡 좀비처럼 몸을 일으켰다. 그러더니 두 팔을 휘두르며 술집 안 사람들이 모두 들을 수 있을 정도로 고래고래 소리를 지르기 시작했다.

"내가 뭘! 그렇게 잘못했습니까? 하느님 제가 뭘 그렇게 잘못했습니까?"

당황한 친구는 승지를 뒤에서 잡아당겨 입을 막은 뒤 질질 끌고 나가며 서둘러 계산을 했다. 하지만 그 와중에도 승지는 멈추지 않았다.

"하느님 제가 도대체 뭘 그렇게 잘못했습니까악!"

이튿날, 인사불성으로 침대 위에 쓰러졌던 승지가 눈을 번쩍 떴다.

'아 속……'

물을 찾아 더듬거리다가 손끝에 걸리는 휴대전화를 집어 들었다.

'부재중 전화 여섯 통'

'카카오톡 +10'

불안한 마음에 얼른 확인해보니 인사불성이 되게 만든 그 원인으로부터 연락이 온 것이었다.

'샛별야학 교수부장'

승지는 휴대전화를 던져버리고는 침대 위에서 머리를 형 클어뜨리며 발버둥을 치기 시작했다. 괴상한 비명과 함께.

"아악! 악!"

"저, 정 선생님 괜찮아요?"

"네? 뭐가요?"

통화를 하고 부스스한 몰골에 고양이 세수만 간신히 한 승 지는 교수부장을 독대하게 되었다. 처음에는 그냥 무시하려 했으나 마음이 뾰족한 것에 자꾸만 찔리는 듯한 느낌이 들어 어렵게 결심한 것이었다.

"처음이잖아요. 아직 어리고. 그리고 사실 내가 먼저 이런 이야기 하긴 그렇지만……."

"……."

"나이가 있으신 분들이 기가 세요. 나도 그거 알아. 대부분 좋으신 분들인데 한참 어른이잖아. 나도 여기 처음 온 게 벌써 20년도 더 전이고. 그때는 진짜 순진했다니까. 안 믿기겠지만."

"풉."

"거봐, 웃네. 웃어. 나도 그런 시절이 있었어요. 정 선생님 나이 때 부푼 꿈을 가시고 열심히 살고 그럴 때가. 근데 그게 와장창 깨지는 것 같은 거야. 열심히 한다고 했는데 물 한 바가지 얻어맞은 것 같은 때가 있는 거야. 그래서 나 정 선생 마음 뭔지 알 것 같아요. 그래서 말해주고 싶었어. 시간 지나면 다 적응된다고. 근데 또 버티라고, 참으라고 이야기하는 건 아니에요. 어르신 속내는 오히려 훤해. 사회생활 하다 보면 의뭉스러운 인간들도 참 많아. 악귀에 씐 것 같은 사람도 많다니까? 물론 난 아니고요. 농담. 그러니까 이해하려고 마음을 먹어봐요. 이것도 인생 공부라니까. 그러다 보면 좋은 때도 오고 좋은 일도 생겨요. 나만 해도 여기서 이렇게 어르신들이랑 시간 보내면서 사회생활 하는 법도 많이 배우고 또 지혜도 생기고 지금은 든든한 지원군도 생겼잖아요. 그러니까 혹시라도 마음 쓰이는 일이나 상처받는 일 생기면 담아두지 말고 와서 이야기해요. 내가 다 들어줄 테니까. 알았죠?"

"……네. 감사합니다."

승지는 고개를 꾸벅 숙이며 인사를 하고 나가다가 잠시 멈칫한 뒤 다시 돌아 질문을 던졌다.

"그런데요 부장님."

"네?"

"어떻게 아셨어요? 제 맘이 그런 거? 경험했다고 하셨지만 어쩐지 타이밍이……. 그냥 감으로 아셨을 것 같진 않아서요."

"아……. 내가 촉이 좀 귀신같긴 한데 그게 비결은 아니고……. 정 선생님만 알고 있고 절대 다른 어르신들한테 이야기는 하지 마요. 실은 그 반에 천사가 있어. 정 선생님 수호천사가."

"수호천사요? 저 그런 단어 쓰시는 분 처음 봐요."

"크크크. 옛날 사람이라 이거지? 역시 MZ라 당돌한가? 아, 농담. 암튼 그렇게만 알고 있어요. 더는 내가 말하기가 그렇네."

할 말이 끝났다는 듯 교수부장은 의자를 돌려 앞을 향했다. 승지는 잠깐 그 모습을 바라보다 교무실을 나갔다. 승지가 사라지자 교수부장이 다시 의자를 돌려 출입문 쪽을 물끄러미 바라보았다. 지난밤의 일이 떠올랐다.

"저…… 안녕하세요?"

"어르신, 여긴 무슨 일로 오셨어요?"

행자 할머니가 교무실을 찾아와 반쯤 열린 문을 똑똑 두들겼다. 교수부장은 의자를 뒤로 젖혀 쉬고 있다가 깜짝 놀라 몸을 일으켰다. 스스로 찾아왔음에도 행자 할머니는 머뭇거리며 쉬이 말을 꺼내지 못했다.

"저, 불편하신 데 있거나 어려운 점 있으면 편히 말씀하셔도 돼요. 제가 그러라고 여기 있는 거잖습니까 하하하. 그리고 제 손 거치면 해결 안 되는 일이 없지요."

"저 그럼 잠깐 앉아서 말씀드리고 얼른 갈까 봐요."

"네, 그러세요."

교수부장은 옆의 빈 의자를 당겨 행자 할머니가 앉을 수 있도록 내주었다. 그러고는 얼른 전기포트의 스위치를 올리고 스테인리스 컵에 믹스커피 한 봉을 뜯어 부었다.

"그렇게까지 안 해주셔도 되는데. 저는 골드로다가 마셔요."

교수부장은 잠깐 멈칫했으나 곧 노란색 믹스커피 하나를 꺼내 새 컵에 부었다. 다행히 인스턴트커피는 종류별로 준비되어 있었다. 금방 물이 끓었다.

"어르신 이거 드세요."

"네. 고오맙습니다."

행자 할머니가 뜨거운 커피를 호호 불어가며 조심스럽게

마시기 시작했다. 그 모습을 지켜보던 교수부장이 말을 꺼냈다.

"어르신, 무슨 일이신지요?"

"아 그게요. 실은 맘 쓰이는 일이 있어서요. 나 원래 말 옮기는 것도 싫어하고 뒤에서 이야기하는 것도 싫어해서 안 오려고 했는데…… 자식보다도 어린 선생님이 자꾸 눈에 밟혀서."

"네? 아, 오늘 수업 말씀하시는 거죠? 어리다고 하시는 거 보니까 잠깐만요…… 혹시 정 선생님이요? 무슨 일 있었어요?"

"아 뭐 길게 이야기할 건 없고. 본론만 말하면 선생님이 당황하실 만한 일이 있었어요. 근데 그걸 내가 고주알미주알 이야기하는 건 좀 그래요. 근데 많이 놀랐을 것 같아. 왜 우리 어릴 때는 큰 소리만 들려도 가슴이 쿵 하고 내려앉는 것 같잖아요? 그런 상황이라고 보면 돼요. 산전수전 다 겪은 우리 같은 노인네들한테는 별일 아닌 것도 젊은이들한테는 아니지. 암튼 말 좀 잘해줘요. 내가 그랬다고는 하지 말고. 그건 꼭 약속해줘요. 알았죠? 나서는 거 싫은데 맘에 걸려서 온 거예요."

"네 어르신. 알겠습니다. 제가 신경 쓰도록 할게요. 잘 알아보겠습니다."

"잘 알아보지는 말고 그냥 잘 토닥여나 주세요. 암튼 난 그럼 그런 걸로 알게요. 그리고 이 커피 너무 맛있네. 조금 남았는데 이거 가져가서 먹기는 그래. 옆에 난간 붙잡고 가야 해서. 어기디 좀 놓을게요. 고맙습니다."

행자 할머니는 거의 바닥을 보이는 컵을 내려놓으면서 고개를 살짝 숙여 인사했다. 교수부장은 벌떡 일어나 90도 인사로 답했다. 그는 복도 끝으로 사라지는 행자 할머니를 보며 흐뭇한 미소를 짓다 이내 교무실로 돌아왔다.

"정 선생님은 복도 많아."

샛별야학에서 첫 수업을 하고 집에 돌아가 기절했던 자신의 옛 모습을 떠올리며 교수부장은 못내 부럽다는 듯 혼잣말을 했다. 하지만 싫지 않은 표정이었다.

엉망진창 수업

일주일 만에 다시 돌아온 승지의 수업. 크게 한 번 숨을 내쉰 뒤 심기일전하는 마음으로 교실로 들어섰다. 교탁 앞에 서자 학생들의 얼굴이 한 눈에 들어오고 승지가 껄끄러워하는 학생들도 눈에 띄었다.

'괜찮아. 괜찮아. 악의는 없다고 하셨잖아. 아무 일 없이 그냥 지나갈 거야. 숨 쉬어. 호흡해.'

턱턱 막혀오는 숨을 다시 한번 고르면서 아무렇지 않은 척 웃어 보였다.

"안녕하세요. 잘 지내셨죠? 오늘 수업 한번 시작해볼 건데요. 지난번에는 거의 오리엔테이션만 진행해서 제대로 진도를 나가진 못했네요. 오늘은 기출문제 먼저 보고 교재로 넘어가도록 하겠습니다."

거기까지 말하고 나서 또다시 뒤돌아 호흡을 가다듬었다. 그러고서 나눠준 유인물을 앞에서 뒤로 넘겨달라고 부탁한 뒤 마지막 학생에게 신닐늴 때까지 그 모습을 지켜보았다. 두 장짜리 시험문제와 해설지를 들춰 보며 속닥거리는 몇몇 학생 외에는 별문제가 없어 보였다. 승지는 마음을 놓고 다시 뒤돌아 첫 번째 문제라고 칠판에 쓴 뒤 교탁 앞에 자리를 잡았다.

"저 선생님, 근데 이거 누구 보라고 이렇게 가져오셨대?"

그때 지난 시간 그녀를 진땀 나게 했던 선녀가 연필을 탁 내려놓고 고개를 45도쯤 들어 올린 뒤 샐쭉한 표정으로 불만을 토로했다.

"네? 무슨 말씀이신지……."

승지는 당황한 나머지 되물으면서 재빨리 머릿속으로 그 뜻을 이해하려 애썼다. 하지만 무슨 의도로 말하는 것인지 도무지 알 수 없었다.

"아니…… 여기 우리가 뭐 한두 살 먹었어? 이팔청춘이야? 이렇게 깨알 같은 글씨로 뽑아 오시면 이거 알아먹겠냔 말이야. 아니, 큼직큼직하게 뽑아 와야지. 어?"

"조금 작기는 한데⋯⋯."

승지는 동조하는 반응에 심장이 쿵 하고 내려앉는 기분이었다. 하지만 물릴 수도 없는 노릇. 당황한 기색을 내비치지 않으려 억지로 웃음을 지어 보였지만 그럴수록 눈은 울상이고 입꼬리만 올라간 표정이 되어버렸다.

"저 근데 이미 이렇게 해버렸는데 어떡하죠? 그냥 오늘은 보시고⋯⋯."

"아니, 제대로 된 첫 수업이라면서요? 하나도 못 알아먹겠는데 어떡하라고요. 나 몰라. 선생님이 확대 복사해서 다시 갖다줘요."

그 말과 동시에 선녀는 들고 있던 프린트물을 책상 위로 내동댕이쳤다. 설상가상으로 손목 힘이 너무 강한 탓에 종이는 펄럭대며 바닥으로 떨어져 마치 버린 꼴이 되었다. 그 모습을 보자 승지는 넋이 나갈 것만 같았다. 끝까지 웃음을 잃지 않으며 프린트물을 주워 교탁으로 돌아온 그녀는 고민하다가 어렵사리 말을 꺼냈다.

"그럼, 저 이거 다시 해 올 테니까 그동안 자습을⋯⋯."

"아니 근데 저 여편네는 말이 왜 이렇게 짧아? 깡패야? 좋게 말하면 될 것을⋯⋯. 그러니까 우리가 다 싸잡혀서 못 배웠다 소리 듣는 거 아니야?"

갑자기 석순자가 선녀 들으라는 듯 소리를 빽 하고 질렀다. 그 말에 선녀는 몸을 반쯤 일으키더니 삿대질부터 하기 시작했다.

"어디서 여편네래? 너야말로 예의는 밥 말아 먹었구나. 하이고, 빌 비친 싯이 싸승 나세 굴고 있어……."

그러면서 선녀는 손바닥을 얼굴에다 대고 부채질을 했다.

"내가 뭐 틀린 말 했어? 하이고, 하여간 이래서 사람도 가려서 받아야 한다니까. 아주 깡패 나셨어."

"생긴 거는 지가 더 깡패같이 생겼으면서 아이고, 어디 그 낯짝 무서워서 학교 다니겠나? 어?"

"뭐가 어쩌고 저째? 한주먹 거리도 안 되는 게 깝죽깝죽……. 밖에서 만나면 말도 못 꺼낼 게."

"난 안 무서운데? 그럼, 밖으로 나가. 나와봐."

그 말을 함과 동시에 선녀가 자리에서 일어나 앞문으로 나가려 발을 뗐다. 이미 둘의 말다툼으로 분위기가 엉망이 되었고 승지는 그 모습을 지켜보며 이러지도 저러지도 못했다.

"공부하러 왔으면 공부합시다."

그때 점잖은 목소리로 정곡을 찌르는 말에 교실이 삽시간에 조용해졌다.

"안 보일 수는 있지. 그러면 다음부터는 안경을 끼고 오시고. 오늘은 직접 가서 복사하고 오시고."

이어진 말에 박수가 터져 나왔다.

"맞다. 맞네. 그러면 되겠네."

"선생님이 교실 비우면 안 되지. 암."

"그래요. 목마른 사람이 우물을 판다고 직접 하면 되겠네."

여기저기서 동조하는 목소리가 터져 나오기 시작했다. 머쓱해진 선녀는 슬그머니 자리에 앉아 눈치를 살폈고 순자도 프린트물로 시선을 돌렸다.

"저……."

그 기회를 틈타 승지가 주도권을 잡았다. 선녀에게 프린트물을 건네며 공손한 말투로 교무실에 가서 부탁하면 될 거라고 했다. 결국 툴툴거리며 교실을 나서는 선녀의 뒤로 야유와 조롱이 쏟아졌다. 승지는 다시 한번 고개를 들어 행자 할머니에게 눈빛으로 감사의 인사를 전했다. 그녀의 촌철살인과 같은 멘트가 아니었다면 수업은 끝내 제대로 이어지지 못했으리라. 행자 할머니는 알겠다는 듯 고개를 끄덕여 보인 뒤 다시 프린트물로 돌렸다. 잠시 후 선녀가 새 프린트물을 들고 돌아오자 한 번 더 야유가 쏟아졌다.

"거, 해 올 거면 다른 사람들 것도 좀 해 오지. 쯧쯧."

"다들 안 보일 거라고 하고선 자기 것만 딸랑."

그러자 선녀가 직접 가서 복사하면 될 일이라며 대꾸하고는 양손을 귓가에 가져다 대고 안 들린다는 시늉을 해 보였다. 다행히 소동은 일단락되고 승지는 첫 문제 풀이를 시작했다.

다음 말하기 상황을 고려할 때 가의 의도로 가장 적절한 것은?

내가 이 책을 혼자 다 들 수 없어서 그러는데 너 시간 있어?

① 안부가 궁금하다.
② 도움을 요청한다.
③ 잘못된 점을 지적한다.
④ 학교 밖에서 만나고 싶다.

그림에는 한 여학생이 무거운 책 여러 권을 겹쳐 든 채로 맞은편에서 걸어오는 다른 학생에게 말을 거는 장면이 담겨 있었다. 학생들은 그 문제를 뚫어져라 쳐다보다가 답을 하겠다며 손을 번쩍 들었다.

"선생님, 2번이요."

"맞아. 2번이죠."

"책 들고 있으니까 도와달라는 뜻이죠."

학생들이 답을 맞히자 승지는 흐뭇한 표정으로 칭찬을 아끼지 않았다.

"맞습니다. 2번인데요…….."

"그게 왜 2번이에요? 어떻게 장담해? 진짜 시간 있는지 물어보는 거일 수도 있잖아요."

그때 다시 선녀가 끼어들어 의문을 제기했다. 그 말에 승지는 바로 반박하려 했으나 질문을 곱씹어보니 100퍼센트 아니라고 할 수도 없다는 생각이 들었다.

"그렇게 받아들일 수도…… 있긴 한데…….."

적절한 답이 떠오르지 않아 말을 얼버무리자 선녀는 더욱더 의기양양해서 그녀를 몰아붙였다.

"아니 선생님이 설명을 해주셔야죠. 제대로 좀 가르쳐달라고요! 나 참 답답해서."

가만있을 순자가 아니었다. 그러나 순자가 한마디 하려는 찰나 박시옷이 먼저 말했다.

"아유, 또 왜 그런데에 언니야는. 아니 그렇게 하면 모든 게 답이 될 수 있지요오. 3번도 답이고 4번도 답이고오. 그럼, 답 적는 데다가 다 쓸 거예요? 문제를 그렇게 낼 리가 없지이."

"그러니까 설명해달라고 왜 아닌지! 내가 그걸 몰라서 그래?"

선녀는 기가 죽기는커녕 더 기세등등하게 받아쳤다. 일순간 모든 학생들은 어떻게 해서든 그에 대한 답을 찾아야겠다는 일념으로 문제를 뚫어지게 보고 또 봤다.

"저…… 그러니까…… 제가…… 죄…….."

승지가 사과하려는 찰나 또다시 구원의 목소리가 터져 나왔다.

"거기 문제에 답이 있네. 가장 적절한 거. 그냥 적절한 거 말고 가장 적절한 거."

행자 할머니는 가장이라고 쓰인 글자에 밑줄을 그으며 말했다.

"오오. 맞네. 그거네."

"그러네. 다른 게 틀렸다는 게 아니라 그중에서 가장 맞는 거 찾는 거네."

학생들의 말에 선녀는 부루퉁한 표정을 지었으나 더는 대꾸하지 않았다. 나머지 수업은 일사천리로 진행되었다. 수업을 마치고 승지가 교무실로 돌아와 자리에 앉았는데 웬 과자 하나가 쪽지와 함께 놓여 있었다.

돌아가면서 복사 담당하기로 했어요. 늙은 학생들이지만 꽤 쓸 만하답니다. 불러주세요. ─학생 일동.

첫 안경

다사다난했던 첫 달 수업이 끝났다. 이제 학생들도 선생님들도 서로에게 어느 정도 익숙해졌다. 정승지는 반에 들어가기 전에 도우미 학생들에게 확대 복사를 부탁했다. 그러면 학생들은 A3 용지에 125퍼센트로 프린트물을 출력했다. 2인 1조로 움직이는 덕분에 쉬는 시간 10분이면 충분했다. 더 이상 깨알 같은 글씨를 알아보느라고 고생할 필요도 또 그 때문에 곤욕을 치를 필요도 없어졌다.

"그 반 대단해. 어떻게 저렇게 매번 와서 복사해 가요?"

"아, 그러게요. 열정이 대단하세요."

승지는 말을 아꼈다. 대신 자신을 스쳐 지나가는 복사 도우미들과 눈을 맞추고 고맙다는 표시를 해 보였다.

"선생님은 천천히 오세요. 저희 먼저 가서 준비 좀 해놓을 게요."

"아…… 네."

"서의 반노 해수시면 좋겠는데! 빨리 진급하셔서 이쪽으로 오세요. 아셨죠?"

그 모습을 보고 교수부장이 너스레를 떨었다.

"자, 그럼 오늘은 안 오신 분 없죠? 따로 출석 부르지 않아도 될까요?"

승지는 눈대중으로 학생 수를 세어봤지만 빈자리가 눈에 띄지 않았다. 출석부에 표시하고 바로 수업을 시작하려는데 익숙한 목소리가 갑작스레 끼어들었다.

"아니, 선생님이 되어서 학생 안 온 것도 모르면 어떡해요. 섭섭하게시리. 그래도 되는 거예요?"

승지가 당황해서 고개를 들자 아니나 다를까 그녀였다. 박 선녀.

"아…… 죄송해요. 어떤 분이 안 오셨는지 말씀해주실 수 있어요? 아니다. 그냥 출석 불러야겠네요."

"아이, 뭐 또 부르기 시작하면 수업 시간만 뺏기는 거죠.

누가 안 왔으면 안 왔다고 이름을 말하면 될 것이지 또 배배 꼬여서는. 하여간 성질머리가 못됐어."

순자는 선녀 들으라는 듯 목소리를 높였다.

"아니 내가 뭘? 그럼 뭐 다 떠먹여줘? 누구 안 왔는지 정도는 알아야지. 내가 뭘? 낄 데 껴야지. 이 여편네야."

"뭐? 언제 어디서 날 봤다고 여편네래? 나 알아? 친해? 미친 거 아니야?"

"거, 고만 좀 합시다."

"조용히 하고 수업하자고."

선녀와 순자가 싸움 시동을 걸자 여기저기서 볼멘소리가 터져 나왔다. 승지는 그 모습을 보며 한 손으로 이마를 짚고 고개를 절레절레 저었다.

"엄 씨 안 왔어요. 선생님, 출석부에 엄 씨 딱 한 명이에요. 나도 이름은 가물가물하네……."

잠시 조용해진 틈을 타 행자 할머니가 재빨리 힌트를 주었다. 이름이 가물가물하다는 말은 참이었다. 아직 할머니들은 서로의 이름을 다 외우지 못했다. 얼굴과 옷차림 그리고 특이 사항으로 알아볼 뿐이었다. 자기소개를 했지만, 그 한 번으로는 부족했다.

"네. 여기 계시네요! 엄필숙 어르신. 엄필숙 어르신 오셨어요?”

“…….”

“안 왔다는데 뭘 또 확인을 한대?”

“가만 안 있어? 그 주둥아리 좀!”

천다못한 딧시뱀이 소리를 빽 시르자 선녀는 입을 삐죽 내밀다가 다시 교재로 고개를 숙였다. 그제야 반에 평화가 찾아왔다. 그렇게 10분을 잡아먹고 나서야 수업이 시작되었다.

‘근데 왜 이거 흐릿하게 보이지?’

행자 할머니는 확대 복사를 한 유인물에 얼굴을 가까이 대고 확인했지만, 글자는 여전히 춤을 추는 듯이 흔들리고 부정확했다. 행자 할머니는 본디 시력이 좋은 편이어서 안경을 쓰지 않았다. 오른쪽 0.8 왼쪽 0.5로 양안 시력도 크게 차이가 나지 않았고 근시나 난시도 없었다. 또렷하게 보이는 것은 아니었지만 그렇다고 해서 일상생활에 지장이 있을 정도는 아니어서 평소에도 안경을 쓴 적은 없었다.

‘눈이 나빠졌나?’

그러고 보니 요즘 들어 두통이 잦았다. 약을 먹으면서도 그 원인을 찾지 못한 터였다.

‘일단 집중하고. 잘되겠지, 뭐.’

그렇게 그날 수업을 끝까지 마무리했다.

집으로 돌아와 잠시 침대에 걸터앉아 숨을 고르는데 휴대전화 벨이 울렸다. 액정 화면을 확인하니 '아들놈'이라는 세 글자가 떴다. 행자 할머니는 조금 더 기다렸다가 전화를 받았다.

"엄마 요새 약 먹는다면서요?"

"아빠가 그래?"

"어. 어디 아파?"

"아니 머리가 조금. 심한 건 아니고."

"그러게, 학교는 왜 다닌다고 해 가지고. 안 돌아가는 머리 쓰니까 그런 거잖아."

"뭐? 너 그럴 거면 끊어라."

"아니 엄마, 그러지 말고 그만둬요. 그 나이에 스트레스 받으면 큰 병 생겨. 알잖아."

"니가 그런 소리 할까 봐 말 안 하는 거야."

"아니 그런 게 아니라. 뭘 또 그렇게 받아들여요. 그러지 말고 그만둬."

"안 그만둬. 잘 지내라."

행자 할머니는 전화를 뚝 끊어버리고는 전원까지 껐다. 무슨 말을 해도 결론은 학교를 그만두라는 것일 게 뻔해 아들에게 그 어떤 말도 할 수가 없었다. 행자 할머니는 서재로 가 실내 자전거를 타는 남편에게 말했다.

"그런 거 말하지 마."

"뭘?"

남편은 시선기에서 몸을 일으키지도 않은 채 고개만 돌려 물었다.

"무슨 일 있었는지 옴니암니 옮기지 말라고요."

"뭐라고 해?"

"웅이가 자꾸 학교 그만두라고 하잖아."

"그래?"

"암튼 말하지 마요."

"그래 뭐."

남편의 확답을 받은 행자 할머니는 자신의 방으로 가 잘 준비를 했다. 내일은 필시 안경원에 가보리라 생각하는데 아들의 볼멘소리가 겹쳐서 들리는 듯했다. 미간을 살짝 찌푸린 채로 골똘히 생각하다가 그대로 잠이 들었다.

"어서 오세요. 어르신 뭐 필요한 거 있으세요?"

이튿날, 행자 할머니가 동네 안경원에 들어서자 안쪽에 있 던 풍채 좋은 직원이 얼른 쫓아 나와 인사하며 물었다.

"어르신 혼자 오셨어요? 자녀분이랑 같이 오시지."

"아니에요."

행자 할머니는 손사래를 치고는 바로 본론으로 들어갔다.

"안경을 맞추고 싶은데요."

"아 네. 지금 쓰는 거 있으세요?"

"없어요."

"아, 눈이 좋으신가 보네요. 어르신들은 대개 노안이 와서 안경 쓰시는데……. 그럼 시력검사 먼저 해볼게요. 이쪽으로 오세요."

직원은 한쪽에 마련된 검사실로 행자 할머니를 안내했다. 기계 앞에 앉자 각종 검사가 시작되었고 20여 분 만에 끝이 났다. 그런데 결과를 확인하던 직원이 고개를 갸우뚱거렸다.

"지금 안경을 안 쓰고 보이세요? 시력이 왼쪽이랑 오른쪽이 0.1이랑 0.2로 나오네요. 이러면 흐릿해서 잘 안 보이실 텐데. 그러면 자꾸 이마도 찌푸리게 되고요. 또 두통도 생길 수 있어요. 정말 그런 증상 없으셨어요?"

"맞아요. 눈이 잘 안 보여서 온 거예요. 불편도 하고."

"그쵸? 어머님, 그래서 요즘에는 누진다초점으로 많이들 하시고요. 조금 고사양으로 하시는 게 좋아요. 그래야 초점이 잘 맞고 이게 또 안 맞으면 계단을 헛디디셔서 다치실 수도 있고요."

"그냥 보통으로 해주세요."

"에이, 이럴 때 자녀분이랑 와서 좋은 것 좀 해달라고 하시지."

기인은 점점 더 긴인 꺽을 하며 니스테를 띨기 시작했나.

"아니요. 그냥 보통으로 해주세요."

"에이 어머님, 이 나이대는 그렇게 안 하신다니까? 저희가 알아서 잘해드릴게."

"그냥 보통으로 해. 달. 라. 고 말했어요, 내가."

"네…… 뭘 또 정색까지 하세요. 그냥 저는 어머님 걱정돼서. 그럼, 이번에는 보통으로 해드릴 테니까 다음에는 자녀분이랑 같이 오셔서 좋은 거로 하세요."

행자 할머니는 대답 없이 한쪽에 놓인 소파에 앉아 스마트폰을 보기 시작했다. 20분쯤 지나자 직원이 와서 완성된 안경을 눈앞에 대고 보여주며 설명하기 시작했다. 행자 할머니는 한 귀로 듣고 한 귀로 흘리면서 값을 치르고 얼른 안경원을 나섰다. 로즈골드 색 테에 동그란 알. 젊어 보일 것 같은 디자인으로 직접 골라 마음에 퍽 들었다. 바로 케이스에서 꺼내 써보니 주변 상점 간판들이 또렷하게 보이기 시작했다. 행자 할머니는 그걸 소리 내 하나씩 읽어보았다.

"행운반점……. 서편제과……. 민국타이어……."

흡족한 미소가 얼굴에 떠올랐다. 그렇게 간판들을 하나씩 읽으며 집으로 돌아갔다.

승지가 복도를 지나가다가 행자 할머니를 발견했다. 엊그제와는 다르게 동그란 안경을 쓰고 두리번거리는 게 눈에 뜨인 것이다.

"어, 어르신 안경 쓰셨네요?"

"이번에 맞췄어요."

"시력이 많이 안 좋아지신 건 아니죠?"

"아니에요."

"우리 교재는 잘 보이세요?"

"잘 보이죠. 근데 좀 더 크면 좋을 것 같긴 한데……. 아, 다른 학생들한텐 비밀이에요."

행자 할머니가 목소리를 낮춰 속내를 털어놓았다.

"음, 어르신 어쩌죠? 더 크게 복사해드리고 싶어도 사이즈가 다 안 들어가서요. 제일 큰 종이에 해드리는 거라. 어찌어찌해서 구해도 잘 안 보이실 건데……. 잠깐만요. 제가 방법 좀 알아볼게요."

"아니에요. 번거롭게 뭘. 그냥 둬요. 괜찮아. 안경 쓰고 보면 되지 뭘."

"그래도요. 이따가 말씀드릴게요."

승지는 그 말을 남기고 교무실로 들어갔다. 행자 할머니는
교실로 가 전날보다 앞에 자리를 잡았다. 그리고 수업이 다
끝나 김에 들아긴 구럽 6시시 행사 일머니를 찾아왔다. 반
갑기도 하고 미안하기도 한 마음에 얼른 나가 보니 뭔가를
들고 있었다.

"어르신, 이거 아세요?"

"이게 뭔데요?"

"이거 태블릿 피시라고 하는 건데요. 노트북은 아시죠?"

"응."

"그거에서 자판을 뗀 거라고 보심 돼요. 아니다. 스마트폰
을 보기 좋으라고 크게 만든 거라고 생각하시면 돼요. 여기
이렇게 터치하는 거 똑같고 앱 설치하고 그러는 것도 다 똑
같아요."

"으응. 그러네. 근데 왜요?"

"이게 있으면 교재를 확대 복사할 필요도 없고 PDF로 크
게 보실 수 있거든요. 제가 여기다 파일 넣어서 드릴게요."

"아니 이렇게 비싼 걸 날 왜 줘? 부담스러워서 안 돼요."

"비싼 거 아니고요. 실은 저 태블릿 피시 바꾸려고 했거든

요. 이거 좀 오래돼서 당근에 내놔도 아무도 안 사요. 제가 과목별로 다 다운받아서 넣어드리고 하는 법 알려드릴 테니까 이걸로 편하게 보세요. 눈 더 안 나빠지게요."

"아니야……. 이렇게 하면 내가 너무 미안하지……."

행자 할머니는 두 손을 내저으며 한사코 거절했지만 승지는 웬일인지 완강했다.

"저, 제가 신세를 많이 졌어요. 저 진짜 할머니 아니었으면 아니, 어르신 아니었으면 적응 못 했어요……. 그러니까 이번 한 번만 져주세요. 아셨죠?"

승지는 행자 할머니의 두 손을 잡으며 간절한 표정으로 말했다. 그 모습을 가만히 바라보다가 행자 할머니는 결국 승낙의 의미로 고개를 끄덕여 보였다.

"대신 그냥 받을 순 없고 나한테 팔아요. 그것만은 양보 못 해."

"에이 어르신……. 그건 좀 그렇죠."

"아니야. 절대 안 돼."

"그럼 이렇게 해요. 먹는 거로 주세요. 저 혼자 사는데 반찬이 부실하거든요."

승지는 눈을 찡긋해 보이며 말했다. 그 말에 행자 할머니는 잠시 생각하다가 팔을 붙잡으며 답했다.

"알았어요. 그런 거야 내가 천 번도 더 해다 줄 수 있지."

그런 뒤에도 둘은 웃으며 한참을 더 그 자리에 서서 이야기를 나눴다.

"어머, 이게 다 뭐예요?"

이튿날 행자 할머니가 자기 몸 반만 한 쇼핑백을 들고 교실로 들어서자 순자가 깜짝 놀라 물었다. 행자 할머니는 아무것도 아니라며 책상 아래로 쇼핑백을 밀어 넣었다. 잠시후 국어 시간이 되어 들어온 승지는 수업하는 도중에 쇼핑백을 발견하고는 배시시 웃음을 흘렸다.

공황달리기

승지의 가슴이 불규칙하게 오르내리고 있었다. 머리에 까만색 봉지를 쓰고 쌕쌕거리며 숨을 내뱉었다.

'들이마시고 내쉬고…… 크게 천천히 내쉬고 다시 천천히 들이마시고……'

요동치는 마음을 가라앉히며 몇 번을 들었던 명상 가이드 내용대로 따라 해보려 했지만 쉽지 않았다. 그러다 어느 순간 과호흡이 잦아들었다. 그제야 안심하며 봉지를 벗어 던지고 바닥에 철퍼덕 주저앉았다. 얼굴에는 가느다란 눈물 줄기가 흘러내렸다. 이 모든 것의 발단은 한 통의 전화였다. 몇 달 전이었다.

"승지야……. 놀라지 말고 들어. 응? 알았지?"

"뭔데 그렇게 뜸을 들여요. 나한테 돈 꿔 가려고?"

"약속해. 너무 놀라지 않는다고…….

"그렇게 말하면 더 무섭잖아. 무슨 일인데요?"

승지는 서서 머리를 말리다가 액정 화면에 뜬 이름을 보고 황급히 전화를 받은 참이었다. 오랜만에 연락해 온 이모부의 목소리는 어딘가 수상쩍을 정도로 가라앉은 데다가 지나치게 진지했다.

"너희 이모…… 직장암 4기래…….

"네?"

승지는 손에 든 드라이어를 그대로 바닥에 떨어뜨렸다. 그 바람에 이부자리며 쓰레기가 한데 엉켜 날리기 시작했다. 하지만 승지는 지금 눈앞에서 벌어지는 일이 하나도 신경 쓰이지 않았다. 그녀의 온 신경을 붙잡아 끄는 건 어릴 적 부모님의 부재 시마다 엄마처럼 때로는 자매처럼 아껴주고 돌봐준 이모에게 닥친 청천벽력과도 같은 소식이었다. 승지는 그길로 가방을 쌌다. 광주에 있는 큰 병원에 입원했다는 이모를 한시라도 빨리 만나기 위해서였다. 그때까지만 해도 희망은 있었다.

'4기라고는 하지만 다 죽는 것도 아니고……. 우리 이모 억척

은 온 동네가 알아줄 정도잖아. 살 수 있어. 아직 괜찮아……'

하지만 병원에 도착해 이모의 모습을 확인한 승지는 그 모든 게 자신의 헛된 희망임을 깨달았다. 독한 진통제를 맞아야 겨우 고통을 참을 수 있는 이모는 이미 예전의 모습은 사라지고 없었다. 앙상한 두 다리에 머리카락이 빠져 두피까지 다 드러난 데다가 얼굴에는 검버섯이 잔뜩 핀 노인의 모습을 하고 있었다.

"정말 이모부, 이렇게 될 때까지 몰랐어요? 네? 그래도 살 수는 있는 거죠? 그쵸?"

조용히 옆에 선 이모부의 팔을 잡아 흔들며 승지가 따지듯 물었다. 하지만 그의 얼굴에는 체념만이 떠오를 뿐 더는 어떤 희망도 찾아볼 수가 없었다. 이모부는 나직이 말했다.

"몰랐어……. 전혀……. 바보 같지……. 곁에 있었는데도……."

그 말에 승지는 더 이상 아무것도 물을 수 없었다. 그저 살 날이 한 달도 채 남지 않았을지도 모른다는 사실만을 받아들여야 할 뿐이었다. 승지는 이모 곁에서 하루를 더 머물다가 연비동 자취방으로 돌아왔고, 빈방에 발을 들이는 순간 간신히 잡고 있던 이성의 끈이 풀리면서 과호흡이 찾아왔다. 처음 있는 일은 아니었다. 급하게 인테리어 현장으로 향하던 부모님의 차가 사고로 인해 반파되고 그 때문에 아버지가 1년 이상 병원 신세를 져야 했을 때부터 생긴 병이자 증상이었다. 그 후 명상 음원을 찾아 듣고 영상도 찾아보면서 훈련을 거듭한 끝에 그나마 호전된 게 지금의 모습이었다. 하지만 이모가 곧 떠날지도 모르는 상청에시의 고독감과 우울감 그리고 슬픔은 다시금 승지를 괴롭혔다.

인테리어 일을 하던 부모님은 전국의 현장을 뛰어다니며 억척스럽게 살았다. 쏟아지는 전화를 거절할 수도 없어 쉬는 날에 밥 한 끼 편히 먹을 수 없을 정도였다. 그 자리를 메워준 게 이모였다. 하루는 부모님이 밤늦게 귀가하는데 어린 승지가 뽀르르 달려가 발을 높이 쳐들었다. 그 모습을 어머니가 얼떨떨하게 바라보자 이모가 따라와 승지를 붙잡으며 말했다.

"언니, 내가 오늘 빨간 땡땡이 신발 사줬는데 그거 자랑하려고 그러는 거야. 어린 녀석이. 귀엽게!"

그 후로도 오랫동안 부모님은 승지의 언니 겸 엄마 겸 친구 노릇을 위해 이모의 손을 빌렸다.

이모를 만나고 온 보름 뒤, 승지는 부고를 접했다. 다시 광주로 내려가 부모님과 이모부와 함께 삼일장을 치렀다. 찾아오는 이들로 인해 발 디딜 틈이 없었다. 하루도 쉴 새 없이 일하고 살뜰히 주위를 돌보느라 정작 본인을 챙기지 못한 인생에는 사람만이 남았다. 하얀 머리핀을 왼쪽 머리에 꽂고 바닥에 쓸리는 검은 상복 치마를 입은 승지는 눈물을 참고 참았다. 이 둑이 무너지면 어떤 일이 벌어질지 스스로도 장담할 수 없기 때문이었다.

"승지야, 들어가서 눈 좀 붙여."

"엄마 아니야……. 엄마도 힘들 텐데……."

"나도 그렇지만 둘이 죽고 못 사는 사이였잖아. 그 생각만 하면……."

서른 중반이 넘어 이모는 동네 시장 김밥집에서 일을 돕다 이모부를 처음 만났다. 도매상 일을 하며 성실하다는 평판을 들어온 그에게 마음을 뺏겼고 그렇게 마흔이 되기 전 혼기를 꽉 채워 결혼했다. 그래서일까. 자식이 쉽사리 찾아오지 않았다. 몇 년의 불임시술 기간을 거치고 나서는 두 손 두 발 들어야 했다. 시간도 시간이지만 돈이 문제였다. 대신 조카의 둘도 없는 존재가 되어주기로 했다. 전국 팔도를 돌아다니는 승지의 부모 대신이었다.

"어서 들어가. 엄마가 여기 정리할게."

아빠까지 쫓아와 작은방으로 보내는 탓에 그제야 퉁퉁 부은 발을 문지르며 잠시 쉴 틈을 얻었다. 새벽 늦게까지 찾아

오는 손님들 소리에 귀를 기울이다가 승지는 잠이 들었다.

그리고 발인하던 날, 진눈깨비가 이모를 달래주기라도 하는 듯이 날리기 시작했다. 부모님보다 하루 먼저 승지는 다섯 평 자취방으로 올라왔다.

그날 밤, 승지는 억지로 잠을 청했다. 모든 일이 끝나고 나니 긴장이 풀리면서 몸이 이상해지는 걸 느낄 수 있었기 때문이었다. 이미 속은 불꽃놀이가 펼쳐지듯 무언가가 펑펑 터지고 있었다.

'눈 감아. 꼭 감아. 절대 뜨지 마. 이대로 잠드는 거야.'

하지만 어두운 방 안에서 그녀는 잠들 수가 없었다. 죽음 어둠 외로움 고독과 같은 단어들이 끝없이 머릿속에 펼쳐지며 아득해졌다가 다시 떠오르기를 반복했다. 결국, 승지는 몸을 일으키고 앉아 좌우로 고개를 저으며 그 생각들을 떨쳐버리려 했다. 불도 켜고 텔레비전도 켰지만, 소용이 없었다. 이제는 양쪽의 벽이 자신을 향해 좁혀 오기 시작했다. 승지는 그 순간 미쳐버릴 것만 같아 벌떡 일어나 집을 뛰쳐나갔다. 연비동 골목을 죽어라 뛰며 사위를 좁혀 오는 무언가에게서 벗어나기 위해 애를 썼다. 그때였다. 점점 익숙한 실루엣이 가까워지며 자신의 앞에 우뚝 선 것이. 승지는 아래로 떨어뜨렸던 고개를 들어 정면을 바라봤다. 그리고 그 순간 주저앉아 눈앞에 보이는 그 다리를 붙잡고 울부짖기 시작했다. 아무런 설명도 없이 느닷없이 벌어진 일에 놀랄 법도 한데 상대는 노련했다. 그녀의 등을 감싸 안고 조용히 토닥이며 기다려주었다. 모든 설움을 토해낼 때까지. 심지어 이상하다는 듯 쳐다보는 사람들에게 손가락을 들어 조용히 하라고, 그냥 지나가라고 신호를 보냈다.

승지가 울음을 그치고 다시 정신을 차렸을 때는 낯선 식탁 앞에 앉아 있었다. 짙은 밤색의 타원형 식탁 위에는 오랜 시간 정성 들여 만들었을 밑반찬들이 한가득 차려져 있었다.

'장아찌…… 오이소박이…… 계란말이…… 콩자반…… 콩나물무침…… 깻잎절임…….'

그리고 이내 승지 앞에 모락모락 김이 나는 갈비탕 한 그릇이 놓였다. 이 모든 걸 준비했을 이는 말없이 숟가락과 젓가락을 옆에 놓아주고는 자신도 함께 먹기 위해 맞은편에 앉았다. 맑은 국물에 야들야들하게 잘 익은 고기 한 점과 노란 달걀지단까지. 승지는 맛있는 음식을 앞에 두자 다시 눈물이 차올랐다. 하지만 이번에는 좀 나았다. 모락모락 나는 김 때문에 우는 모습이 가려질 터이니. 승지는 최선을 다해 웃으

며 고맙다는 인사를 하기 위해 힘을 짜내었지만 웅얼거림만
이 튀어나왔을 뿐이었다. 숟가락으로 국물을 연신 떠서 먹고
반찬을 가져다가 입에 넣었다. 한 번씩 고개를 들면 자애한
눈빛이 승지와 마주쳤다.

'괜찮아요. 천천히 들이요.'

그리 말하는 듯했다. 그렇게 그릇을 다 비우고 나자 그제
야 계면쩍다는 생각이 들었다. 자신이 가르치는 학생에게 너
무 큰 폐를 끼친 것 같아서. 하지만 그녀는 무너져 내린 승지
를 품어주기에 충분히 큰 그릇이었다.

"잘 먹었습니다……."

끝까지 그녀는 말이 없었다. 승지는 꾸벅 인사를 하고 돌
아 나왔다. 잠자리에 다시 든 순간 이제는 좀 괜찮다는 생각
이 드는 동시에 내일 수업 때 어떻게 행자 할머니를 마주할
지가 고민이 되었다.

'갚아야지……. 이 큰 은혜…….'

현장학습 1

이른 새벽부터 행자 할머니는 도시락을 싸기 시작했다. 담백한 국물을 만들기 위해 가스레인지 위에 큰 스테인리스 통을 올리고 그 안에 갖은 육수 재료를 넣었다. 굵게 썬 파, 무, 멸치 등이 들어가고 냄새가 조금씩 배어 나오자 만족한 표정으로 다른 음식을 만들기 시작했다. 큰 발을 하나 꺼내고 제일 좋아하는 어묵과 게맛살 그리고 다른 속 재료까지 옆에 두고 밥을 크게 펐다. 김밥은 행자 할머니의 소울푸드였다. 아이 둘을 키울 때 매번 소풍 때마다 김밥을 말아주고 자신 것을 꼭 한두 줄 남겨 먹었다. 특히 꽁다리를 맨손으로 집어 파김치와 함께 먹는 맛은 일품이었다. 그런데 오늘은 그 기뿜이 두 배였다. 김밥을 싸면서 이렇게 떨리고 설렌 적은 처음이었다. 오늘은 자신을 위해 싸는 소풍 도시락이기 때문이었다.

"수퇴 이번 주 수업은 띤장학습으로 대체하기로 했어요. 소풍을 겸해서 가는 거라고 보시면 좋을 것 같아요. 그래도 놀기만 해서는 안 되겠죠? 우리 개항 때의 모습을 그대로 간직한 인천 원도심으로 가서 근대문학관을 둘러보고 밥도 먹을 거예요. 자세한 일정은 유인물로 해서 가져왔으니까 한번 보시고요. 근데 우리가 수업이 원래 저녁 시간대에 하는데 현장학습은 안전상의 이유로 낮에 갈 수밖에 없어서요. 안 되시는 분들도 계실 것 같은데……. 양해 부탁드리고요. 일 때문에 조정을 해야 하는 분 중에 혹시 공문이 필요하거나 증빙서류가 있어야 하면 말씀해주세요. 이것 좀 뒤로 돌려주시겠어요?"

학생들은 유인물에 시간 순서대로 잘 정리된 일정표를 보며 설레어 깔깔 웃었다. 수업한 지 한 달이 넘었지만, 이런저런 일들로 가까워지기는커녕 멀어지기만 하는 듯한 느낌을 받았었다. 이제야 제대로 한번 서로를 알 기회라고 생각해 유인물을 들고 누구는 뒤로 돌고 누구는 옆을 쿡쿡 찌르며 이야기꽃을 피웠다. 그 모습을 보던 승지의 얼굴에도 미소가 번졌다. 싸움 없이 분란 없이 잘 끝나기만을 기도하면서도 자신도 야학 교사로서 처음 경험하는 현장학습에 마음이 설레는 것은 똑같았다. 승지는 학생들의 반응을 살피기 위해 이곳저곳으로 눈길을 돌렸다. 그때 유인물을 든 채로 손을 부르르 떠는 행자 할머니의 모습이 눈에 띄었다. 눈가에 살짝 맺힌 눈물. 깜짝 놀란 승지가 다가가 물었다.

"어르신 괜찮으세요? 어디 안 좋으신 거예요?"

"아니……. 나 진짜 소풍 다시 가보고 싶었거든."

승지는 그 말을 하며 소매로 눈물을 쓱 훔치는 행자 할머니를 바라보았다. 그러다 깜짝 놀랐다. 갑자기 어린 소녀로 보이는 어르신의 얼굴이 낯설어서였다. 승지는 행자 할머니의 팔을 쓰다듬고는 눈빛으로 마음을 전했다.

'저도요. 우리 같이 잘 다녀와요, 어르신.'

행자 할머니는 손 크게도 30인분의 김밥을 말았다. 자신만 먹을 게 아니라 반 전체 학생들과 선생님들과도 나눠 먹을 셈이었다. 햄과 게맛살 그리고 어묵 외 다양한 재료가 잔뜩 삐져나온 김밥이 네 줄씩 나뉘어 통에 담겼다. 달그락거리는 소리를 듣고 부엌으로 나온 남편은 옆에서 그 모습을 기가 찬 듯 바라보다가 돕기 시작했다.

"아니 무슨 소풍을 이렇게 거하게 가?"

"그냥 담기나 하셔."

그렇게 몇 개의 쇼핑백에 나뉘어 담긴 김밥과 따뜻한 국물은 출발 전까지 모 앞에서 내시애아 했다. 행자 할머니는 그러고도 몇 시간을 안절부절못하다가 남편의 성화에 못 이겨 늦은 아침을 한술 떴다. 그리고 다시 소파에 누워 잠을 청하며 눈을 감았지만, 선잠만 20분 정도를 잤을 뿐이었다. 시간은 더없이 느리게 갔다. 행자 할머니는 참다못해 방으로 들어가 승지가 준 태블릿 피시를 꺼내 이리저리 만지기 시작했다. 생소한 전자기기이기는 했어도 승지가 사용 방법을 모두 영상으로 찍어 스마트폰으로 전달한 덕분에 사용하기가 그렇게까지 어렵지는 않았다. 교재를 모두 내려받고 실행해 확대 기능을 이용하니 이렇게 잘 보일 수가 없었다. 행자 할머니는 기쁘고 반가운 마음에 큰 소리로 껄껄 웃었다. 마침 방 앞을 지나던 남편이 그 웃음소리에 걸음을 멈추고 행자 할머니가 있는 쪽을 힐끗 쳐다보았다. 그런 뒤 못 말린다는 듯 고개를 저으며 실내 자전거를 타기 위해 서재로 들어갔다.

"다 모이셨죠? 그럼 인원만 한번 파악해볼게요."

선생님 넷과 학생 4, 50명이 모였다. 다섯은 낮 시간에 일을 빼기가 쉽지 않다는 이유로 또는 손주들을 돌본다는 이유로 빠졌다. 어쨌든 대식구가 이동하기 쉬우라고 전세버스까지 불렀다. 카운티 버스 두 대에 나뉘어 이동하기로 했는데 신기하게도 늦은 이는 하나도 없었다. 오히려 일찍 도착해 앉아서 기다릴 곳이 없다고 볼멘소리 하는 어르신은 있었지만 말이다.

"어르신들, 이거 하나씩 패용하세요."

승지는 목걸이 명찰을 나눠주며 다시 한번 당부했다.

"모두 함께 이동할 거니까 막 혼자 다른 데 가시고 그러면 안 돼요. 사고 위험도 있으니까 서로서로 옆에 사람 꼭 챙기시고요. 반드시 함께 움직이도록 할게요. 혹시라도 길 잃거나 못 찾겠다 싶으면 저한테 연락 주세요. 번호 다 아시죠?"

그 말에 일제히 네, 라는 소리가 터져 나왔다. 행자 할머니는 순자와 함께 앉았다. 어색하게 인사를 건네는 순자의 등을 갑자기 행자 할머니가 퍽 소리 나게 때렸다.

"왜 그러세요? 왜 때리는데요?"

"이뻐서."

"네?"

"너무 이뻐서. 난 너무 이쁘면 콱 하고 때려주고 싶더라."

"진짜예요? 장난치는 거죠?"

"내가 왜 장난을 쳐. 진짜 이뻐서. 자긴 하는 짓이 너무 이뻐."

행자 할머니의 난데없는 칭찬과 고백에 순자의 두 볼이 발그레해졌다. 빈말이 아닌 것이 행자 할머니는 귀엽다고 생각되면 그 상대에게 직진 고백을 하곤 했다. 아울러 등 스매싱도 함께 선물했다. 말이 많지 않은 그녀에게 유일한 표현 수단이라고나 할까? 그렇게 둘은 두런두런 이야기를 주고받으며 인천까지 끊이지 않는 수다 꽃을 피웠다. 물론 순자가 주로 이야기하고 행자 할머니가 듣는 꼴이었지만 말이다.

"아니, 둘은 무슨 이야기를 그렇게 맛나게 한데? 같이 좀 합시다."

조용하게 가던 엄필숙이 끼어들었다. 학기 초에 통성명한 뒤로 줄곧 수업에 빠져서 다시 서먹해진 사이였다.

"그래, 같이 해. 근데 자기는 옷이 엄청 화려하네. 공주 같아. 공주."

"나요? 내가 좀 화려한 게 잘 받기는 하죠."

필숙이 손으로 자기 모자와 옷을 훑어 보였다. 온몸을 휘감고 있는 반짝이가 더욱 소리를 내며 흔들렸다. 그녀는 온통 명도와 채도가 다른 보라색으로 바지와 윗옷까지 맞춰 입고 모자까지 쓴 참이었다. 어떻게 보면 기이한 패션을 행자 할머니가 칭찬으로 승화시켰더니 필숙은 더욱더 자랑스레 몸을 흔들었다.

"내가 다니는 단골 숍 있는데 같이 가실래?"

"어디서 귀신 분장을 해 가지고…… 눈꼴사납게시리……. 그게 진짜 칭찬인 줄 알고. 바보도 그런 바보가 없어."

어디선가 분위기를 깨는 소리가 날아들었다. 필숙은 매섭게 그 방향으로 고개를 돌려 말한 이를 쩨려보았다.

"아니 형님, 우리 사람 하나 바보 만들지는 맙시다. 사람이 정직해야죠."

선녀가 말했다.

"아니 뭘. 이런 스타일도 우리 중에 하나 있으면 좋지."

행자 할머니가 받아쳤다. 그러자 순자가 끼어들었다.

"이번에는 저 사람 말이 맞네. 나는 정신 사나운 것 같은데……."

"거 올만에 맞는 말 했수다."

"내가 뭘? 당신 좋으라고 한 거 아니야."

"당신? 당신?"

"거 좀 고만하세요오. 또 시작이네요오. 이왕 이렇게 된 거 둘이 좀 친해지세요오."

시옷이 다시 시작되려는 선녀와 순자의 싸움을 말렸다.

"조용히 하고 갑시다. 나도 이제 조용히 할 테니까."

행자 할머니가 상황을 종료시켰다. 선녀도 순자도 입을 삐죽거리기는 했으나 더는 말하지 않았다. 행자 할머니는 몸을 창가로 붙이고 두 눈 가득 바깥 풍경을 담았다. 오랜만의 긴 외출이었다. 1시간 30분 뒤, 약 50명을 태운 버스 두 대가 인천역에 도착했다.

"자, 이제 어르신들 내리세요."

승지는 자신이 먼저 버스에서 내려 하차를 유도했다. 도착 예정 시간보다 30분이나 늦었다. 승지는 급한 마음에 어서 내리라는 손짓을 했다. 그 때문에 천천히 내리려는 앞사람과 서두르려는 뒷사람이 서로 꼬이면서 소란이 일었다.

"아이코. 왜 이래. 나 좀 내린 다음에 내려."

"아니 급하다잖아요. 언제까지 여기 있어."

"천천히 하자니까."

"빨리 하라잖아요."

앞뒤로 꽉 막힌 채 서로 싸우는 모습에 승지는 또다시 진땀이 나기 시작했다. 그때 행자 할머니가 나섰다.

"우리 이러지 말고 일단 천천히 해요. 나이 많아서 관절 다치면 큰일 나. 선생님, 우리 조금 천천히 해도 되죠?"

"네……. 죄송해요. 제가 생각이 짧았어요."

"괜찮아요. 뭐 그럴 때도 있죠."

할머니들은 옆으로 선 채 손잡이를 잡으며 버스 계단을 내려왔다. 승지는 버스 바로 밑에서 한 명씩 손을 잡아주었다. 그렇게 20여 분이 지나서야 하차가 끝났다. 승지는 마지막으로 인원 체크를 한 뒤 학생들을 인솔해 근대문학관으로 출발했다.

"이곳은 근대문학관이라고 정탐소설을 볼 수 있는 유일한 곳이에요. 어르신들, 혹시 셜록 홈스 아세요? 외국 소설의 유명한 탐정인데요, 한국에도 탐정이 있었어요. 그걸 모아놓은 거예요. 한번 쭉 보시고 사진도 찍고 한 시간 뒤에 뵐게요. 정문으로 오세요!"

승지는 그렇게 학생들을 모두 들여보낸 뒤 근처 벤치에 앉아 안도의 한숨을 내쉬었다.

"괜찮아? 아직 별일 없죠?"

"네. 선생님 감사합니다."

승지는 부장이 건네는 아메리카노를 받아 한 모금 마셨다.

"어르신들이랑 이런 데 올 때는 그분들 속도에 좀 맞춰드려야 해. 그리고 현장학습이라고 우리는 거창하게 뭘 배워야 한다 그렇게 생각하지만, 어르신들은 그런 게 아니야. 그러니까 너무 빡빡하게 할 필요 없어. 그냥 다 같이 놀러 나왔다 생각하면 편해."

"네……. 그러게요. 제가 처음이라 너무 FM대로만 하려고 했나 봐요."

"원래 처음엔 다 그래. 실수하면서 배우는 거지."

승지와 부장은 잠시 더 이야기를 나누다가 학생들을 찾아 건물 안으로 들어갔다.

"근데 이거 꼭 봐야 해? 난 재밌는 거 모르겠는데."

"거 좀, 툴툴대지 좀 마쇼."

"아니 재미없는 걸 재미없다고 하는데 뭐 잘못됐어? 또 이 여편네 시작이네."

"나와서까지 싸우지 맙시다."

행자 할머니는 다시금 번지려는 선녀와 순자의 싸움을 뜯어말렸다. 그사이에 다른 학생들은 가까이 다가가 글자를 읽어보기도 하고 포토 존에서 사진을 찍기도 했다. 하지만 행자 할머니네 일행은 자꾸만 다투는 둘 때문에 좀처럼 속도가 나지 않았다. 그때 시옷이 나섰다.

"형님들. 어차피 우리 시간도 많지 않은데 이러다가 다 보지도 못하고 나간다고요오. 제가 일단 포토 존에서 사진 하나씩 딱 찍어드릴게. 그리고 제가 여기서 막내 맞죠? 앞장서서 갈 테니까 맞춰서 와주세요오. 이거 다 보면 딱 도시락 까먹을 시간이잖아요오. 아셨죠오?"

그 말을 하며 시옷은 옆에 선 행자 할머니의 팔짱을 꼈다. 행자 할머니도 팔짱 낀 시옷의 팔에 손을 얹었다. 두 사람이 앞에 서서 출발하고 나머지 일행이 뒤를 따랐다. 그제야 속도가 조금 나서 주어진 시간 안에 무사히 관람을 마칠 수 있었다.

"아니, 형님은 이런 거 다 언제 싸셨대?"

행자 할머니가 테이블 위에 올려놓은 도시락을 열어보며 순자가 한마디 보탰다.

"맛있겠네."

"아니 언제 이런 걸 다 싸셨대요오? 저희 먹으라고 싸 오신 거예요오? 우리 언니 최고다."

"난 게맛살 싫은데."

선녀가 한마디 툭 내뱉었다.

"이 여편네가 어디서 벌써 처먹고 딴소리해?"

"아니 뭐 맛이 어떤가 먹어봤지. 맛은 있다고! 누가 맛없대?"

"그만!"

행자 할머니가 나서자 또다시 옥신각신하며 열을 올리던 순지와 선녀도 마지못에 심심해졌다.

현장학습 2

학생들의 식사 시간은 이내 잔칫상이 되었다. 행자 할머니를 필두로 다들 요리 한 가지씩을 푸짐하게 싸 왔기 때문이었다. 순자가 싸 온 건 샛노란 빛깔의 대형 계란말이와 야들야들한 유부초밥이었다. 손 크게도 무려 20인분이나 되었다. 덕분에 절반은 선생님들 밥상에 올랐다. 시옷도 한몫했다. 주황색 날치알이 다소곳하게 올려진 캘리포니아롤에 장국까지 따로 준비해 왔다. 쇼핑백 옆구리가 불룩하게 튀어나왔던 이유가 바로 그것이었다. 보온 도시락 다섯 개에다가 종이 국그릇을 인원수에 맞춰 챙겨 왔다. 그걸 보자마자 학생들은 신기하다며 한 개씩 얼른 집어 입속에 넣었다. 상큼하게 터지는 날치알과 아보카도의 조화가 낯설지만 꽤 좋았는지 할머니들은 어느새 자기 그릇에 몇 개씩 담아 젓가락질을 서둘렀다.

"근데 자기는 뭐 싸 왔어?"

임필숙이 선녀에게 물었다. 볼이 터질 기세로 밥을 먹던 선녀는 기도 죽지 않고 손으로 가위표를 그려 보였다.

"뭐? 안 싸 왔다고?"

"안 싸 왔다고. 말 시키지 마. 밥 먹을 때는 개도 안 건드려."

채 씹지도 않고 쏘아붙이듯 내뱉는 바람에 입안의 밥알이 필숙을 향해 날아가 윗옷 스팽글 사이사이에 박혔다. 잠시 후, 필숙의 비명이 평화롭던 공기를 찢어놓았다.

"아아악! 어쩔 거야! 이거 우리 아들이 백화점에서 100만 원이나 주고 산 거라고!"

"아니 그런 옷을 누가 100만 원을 주고 사? 우리 바깥양반이 세탁소 하는 거 알지? 옷도 만들어. 10만 원만 내면 그런 거 댓 벌 만들어줄게."

화가 나 길길이 날뛰는 필숙은 아랑곳없이 선녀는 바닥이 보일 때까지 장국을 쭉 들이켜며 여유롭게 말했다. 그때였다. 필숙이 옆에 놓인 주걱을 집어 든 것이.

"짝!"

그러려고 한 것은 아니겠지만 풀스윙으로 휘두른 주걱이 선녀의 뺨을 강타했고, 선명하고 높은 소리뿐 아니라 주걱 모양 무늬까지 남기고 말았다. 선녀는 비틀거리며 입안의 장국을 토해냈다. 하지만 싸움닭답게 당황은 짧았다. 곧바로 그녀는 두 손으로 벤치를 짚고는 필숙을 향해 냅다 발길질을 했다.

"어이쿠."

그 바람에 벤치 끝 쪽에 앉아 있던 필숙이 뒤로 벌렁 나가떨어졌다. 애지중지하는 옷이 밥알에 이어 이번에는 흙으로 더럽혀졌고 모자도 벗겨져 저 멀리 날아갔다. 갑작스러운 몸싸움에 놀란 할머니들이 양쪽으로 나뉘어 둘을 떼어놓으려 애썼다.

"이거 놔아! 저런 못 배운 년은 아주 그냥 죽여놔야 해!"

필숙은 고래고래 악을 쓰며 몸을 비틀었다. 그느라 할머니들의 안색이 갑자기 어두워진 것도 알아채지 못했다. 그저 앞으로 나아가려 용을 썼다. 순간 할머니들이 필숙의 팔을 놓았고, 필숙은 자기 힘을 이기지 못해 앞으로 튕겨 나가다 다시 고꾸라지고 말았다.

"못 배운 년은 누구 들으라고 한 소리래?"

순자의 성난 목소리였다. 어느새 민심은 필숙을 등졌다. 선녀에게 맞서는 필숙을 말없이 응원하던 마음들이 싸늘하게 식어버렸다. 필숙은 흙투성이 얼굴로 간신히 일어나 앉았다.

"못 배운 년 소리는 누구한테 한 거냐고!"

"그래, 그건 좀 그렇다."

"우리가 평생 들었던 소리 아니냐."

"아무리 화딱지가 나도 그렇지 자기 얼굴에 침 뱉는 소리가 저렇게 나오냐?"

화가 난 할머니들이 한마디씩 얹자 분위기가 더 험악해졌다. 이제는 필숙과 선녀의 싸움이 아닌 필숙과 모두의 싸움이 되어버렸다. 성난 목소리가 학생들의 테이블을 넘어 선생님들의 자리까지 들이쳤다. 부장과 승지가 부리나케 달려왔다. 하지만 상황 파악이 쉽지 않았다. 필숙을 둘러싼 무리를 뚫고 가운데까지 전진하기는 했으나 뭘 어떻게 해야 할지를 몰라 그저 맞잡은 두 손을 꼼지락거릴 뿐이었다.

"계속 그러고 있을 거야? 다들? 못 배웠다는 소리에 발끈할 거야? 다 알잖아. 진심 아닌 거."

행자 할머니는 어느새 자리에 앉아 시옷과 순자가 해 온 음식을 느긋하게 먹으며 말했다. 행자 할머니의 말은 언제나 흥분한 마음들을 가라앉히는 진정 효과를 발휘했는데 이번에도 통했다. 필숙 역시 '못 배운 년'인 건 마찬가지였다. 할머니들은 씁쓸한 표정으로 돌아섰다. 필숙만이 여전히 무엇이 문제인지 깨닫지 못하고 씩씩댔다. 부장과 승지가 필숙의 팔을 하나씩 잡고 선생님들 테이블로 데려갔다.

"너도 참 배알 없다."

멀어지는 필숙을 향해 혀를 차던 순자가 문득 선녀를 보며 말했다.

"너? 처먹어 이년아."

"뭐 이년? 하, 나 이거 문제야 문제."

하지만 순자와 선녀는 싸울 듯하면서도 식사 시간이 끝날 때까지 싸우지 않았다. 감당하지 못할 싸움은 벌이는 게 아니라는 것을 둘 다 알고 있었다.

"이거라도 한잔할래요?"

선녀가 가방에서 병 두 개를 주섬주섬 꺼내며 말했다.

"밥은 안 싸 오셔도 술은 싸 오실 정신이 있으셨나 보네요오. 조크 조크. 아시죠오?"

시옷이 애교 섞인 콧소리로 장난을 치고 선녀는 비닐봉지에 둘둘 말린 막걸리 두 병을 테이블 위에 쿵 소리가 나게 올려놓았다. 공주 밤막걸리와 포천 이동 막걸리였다.

"종류도 다양허이."

행자 할머니까지 한마디 보탰다. 시옷이 종이컵을 돌리고 선녀가 엉덩이를 흔들며 막걸리를 따르기 시작했다.

"내가 또 그 자칭 타칭 그거잖아요. 술 소물래? 우리 아들이 뭐라고 했는데. 암튼 내가 안 먹어본 막걸리가 없는데 최고로 치는 게 이거 두 개시. 이거 만 잔 쑥 들이켜쉬야 또 소풍이 완성되는 거지."

학생들은 막걸리의 냄새를 맡아보다가 잔을 살짝 흔들고는 단숨에 들이켰다. 그때 누군가 쭉 찢은 김치를 자리마다 하나씩 놓아주었다.

"카, 이 맛이지."

"열심히 공부하다가 이렇게 풀어주는 날도 있어야지."

순자는 어느덧 호적수 선녀의 술병을 빼앗아 자신의 잔에 넘치게 따르고는 연거푸 비웠다. 선녀가 의외라는 듯 샐쭉한 표정으로 그 모습을 지켜보았으나 말을 얹지는 않았다.

"얼쑤! 좋아."

"지화자! 좋지."

여기저기서 구수한 가락과 노래가 튀어나왔고 어느덧 중학 1반은 막걸리로 대동단결하며 점심시간을 마쳤다.

"어르신들, 식사는 다 하셨어요?"

승지가 학생들의 테이블로 찾아와 인원을 확인하며 물었다. 이름을 부르자 발그레해진 볼을 해서는 손을 번쩍 드는 할머니들의 모습을 보며 승지는 미소가 번지는 걸 참을 수 없었다. 화장실에 갔던 마지막 한 명까지 자리로 돌아오자 승지는 차량 탑승을 안내했다.

"어르신들, 이번에는 수도국산 달동네박물관으로 갈 건데요. 우리나라의 달동네를 그대로 본떠서 만든 곳이에요. 안에 들어가시면 옛날 먹거리도 있고 떡메 체험도 하실 수 있어요. 그쪽으로 이동할 테니까 버스 있는 곳으로 가서 차례로 탑승하실 게요. 이번에는 재촉하지 않겠습니다."

승지가 말을 마치며 장난스럽게 허리를 깊이 숙여 배꼽 인사를 했다. 그 모습에 마음이 풀어진 할머니들은 손뼉을 치며 웃었다. 할머니들이 자리를 정리하려고 하자 이번에는 부장까지 건너와 소지품만 챙겨 이동하라고 말했다. 승지의 뒤를 따라 할머니들이 멀어진 뒤 부장은 서둘러 자리를 치우기 시작했다.

"자 이제 좀 높이 올라갈 건데요. 옆에 손잡이 붙잡으시고요. 부웅."

어느덧 가이드 역할에 익숙해진 승지는 마이크를 잡고 분위기를 띄우며 그 역할을 톡톡히 해내고 있었다. 얼마 뒤 주차장에 도착하고 이름표를 목에 건 어르신들이 다시 조심스럽게 버스에서 내리자 바깥에 선 부장이 한 분씩 손을 잡아 도왔다.

달동네박물관으로 들어선 할머니들은 놀라운지 연신 눈을 비벼 냈다. 박물관의 내부는 자신들의 전성기였을 1970~1980년대 모습 그대로였다. 폰트며 상호며 건물까지 모두 똑같았다. 옛 생각에 눈물을 훔치는 할머니도 있었다. 행자 할머니는 덤덤한 듯 앞서 걸었지만, 점점 걸음이 느려졌다. 떡방앗간을 했던 엄마 생각이 났기 때문이었다. 5남매를 먹여 살리겠다고 큰어머니와 떡방앗간을 하며 억척스럽게 살림을 꾸렸다. 열여덟에 시집와서 온갖 고생을 한 걸 알기에 장녀인 행자 할머니는 도저히 학교를 계속 다니겠다고 할 수 없었다. 육성회비가 밀려 담임 선생님이 독촉하자 서러운 마음에 그길로 나와 다시는 돌아가지 않았지만, 쉽게 한 결정은 아니었다. 자신의 미래가 달린 일이었고, 그리하여 어린 나이에도 오래도록 고민했던 일이었다. 단지 육성회비 사건은 결심을 실행으로 옮기는 계기가 됐을 뿐. 그때 기억이 자꾸만 떠오르자 행자 할머니는 툇마루에 걸터앉아 뒷사람을 먼저 보냈다.

"어르신 괜찮으세요? 어디 아프세요?"

승지가 행자 할머니를 발견하고는 다가와 물었다. 하지만 행자 할머니는 힘없이 웃으며 고개를 젓다가 옆에 앉으라는 손짓을 했다. 승지는 마치 손녀처럼 그 곁에 앉아 행자 할머니의 팔짱을 꼈다. 그렇게 서로 기대어 함께 시간을 보냈다. 물론 오래 있지는 못했다. 다른 할머니들의 뒤를 따라야 했으므로.

"자, 그럼 이제 집으로 돌아가도록 할게요. 더 늦으면 차가 많이 막혀서 어르신들 멀미 나서 안 돼요."

한쪽에서 달고나를 깨 먹느라 정신없는 어르신들을 부르며 부장은 승지에게 주차장으로 얼른 가라고 했다. 그렇게 중학 1반은 손주들과 자식들 줄 추억의 선물을 한 아름씩 사서는 승지의 뒤를 따라 주차장으로 향했다.

"하나, 둘, 셋, 넷⋯⋯. 다들 오셨죠? 다 오신 것 같네요. 그럼 출발할게요."

승지는 꽉 찬 좌석을 세다가 그럴 필요가 없다는 걸 깨닫고는 맨 앞자리에 앉아 운전기사님에게 출발을 요청했다. 고된 하루가 다행히 잘 마무리되었다는 생각이 들자 긴장이 풀려 온몸에서 힘이 빠져나가는 게 느껴졌다. 그러다 어느새 까무룩 잠이 들었고 창에 기댄 머리가 자꾸만 아래로 흘러내렸다. 승지가 잠에서 깬 것은 쾅 하는 큰 소리 때문이었다. 승지는 깜짝 놀라 고개를 치켜들었고 다음 순간 불길한 느낌에 휩싸였다.

"내가 뭔가 잊은 게 있나?"

혼잣말하다 뒤를 돌아보니 할머니들도 피곤한지 늘어져 있었다.

'이상하네……. 다 잘 끝났는데.'

승지는 불안한 마음에 부장에게 전화를 걸었지만 받지 않았다. 문득 아까 출석을 부르지 않았다는 생각이 났다.

"여러분, 잠깐만 일어나주세요. 주무시는데 깨워서 정말 죄송합니다. 지금부터 출석을 부를 테니 큰 소리로 대답해주세요."

승지가 마이크에 대고 말하자 할머니들이 부스럭거리며 자세를 바로 했다.

"김행자 님."

"네."

"석순자 님."

"네에."

"박시옷 님."

"여기 있어요오."

"박선녀 님."

"갑자기 출석은 왜 불러?"

"엄필숙 님."

"……."

"엄필숙 어르신 어디 계세요?"

"……."

"설마…… 아니죠? 주무시고 계시면 옆에 분이 좀 깨워주시겠어요?"

대답을 기다리는 그 몇 초가 영겁의 시간처럼 길게 느껴졌다. 승지의 등으로 한 줄기 식은땀이 흘러내렸다.

"없어."

"없다고요?"

"그러고 보니 아까 싸우고 선생님들이 데리고 가셨잖네?"

"그 후로 못 봤지. 암."

승지는 기억을 되돌려 점심시간 상황을 다시 한번 되짚기 시작했다. 흙투성이가 된 얼굴. 옆에 앉아 씩씩대던 모습. 전화한다며 어디론가 사라진 어르신. 그리고 나서는 아무런 기억이 나질 않았다.

"악!"

승지는 자신도 모르게 비명을 질렀다. 눈앞이 아득했다.

일단 침착하자, 중얼거리며 자리에 앉아 휴대전화를 꺼냈다. 비상 연락망을 확인한 뒤 통화 버튼을 눌렀다. 연결음은 들렸지만 받지는 않았다.

'어떡하지?'

승지는 당황해 어쩔 줄을 몰랐다. 이제 20분만 더 가면 인비동이었다. 오랫동안 차를 탄 어르신들을 다시 모시고 인천으로 향할 순 없었다. 하지만 이 상태로 찾지 않을 수도 없었다. 만약 사고라도 난 거라면……? 승지는 초조한 마음에 손톱을 물어뜯기 시작했다.

"부장님…… 부장님…… 부장님만이라도 제발 전화 좀 받아주세요."

승지는 연결되지 않는 전화를 붙잡고 애원하고 또 애원했다. 그사이 차는 합정으로 진입했다. 이제 정말 샛별야학에 도착할 기세였다. 그때 버스 바로 앞으로 오픈카 한 대가 끼어들어 굉음을 내며 질주하기 시작했다. 날씨가 아직 춥지 않다고는 하나 오픈카를 타기에는 찬 날씨였다. 명한 시선으로 아무 생각 없이 쳐다보는데 보조석에 앉은 할머니가 버스 쪽으로 고개를 돌리더니 주먹감자를 날렸다.

"뭐야?"

누군가 소리쳤고, 그와 동시에 오픈카의 할머니가 악을 바락바락 쓰기 시작했다.

"야 이 못 배운 년들아! 못 배운 걸 못 배웠다고 하지 그럼
뭐라고 하냐! 이 썩을 년들아! 가난뱅이 년들아! 너넨 외제
차 없지?"

기사님이 무슨 일인가 싶어 차창을 내리는 바람에 악쓰는
소리가 더 정확하고 크게 들렸다. 아들로 추정되는 인물이
운전을 하고, 분을 이기지 못한 엄필숙이 버스를 향해 저주
를 퍼붓고 있었다. 승지는 그 모습을 보고 기절할 뻔했다.

'어떻게 된 거야? 지금?'

승지는 두 손으로 가슴을 누르며 숨을 골랐다. 어쨌든 사
고는 아니었다. 불행 중 다행이었다. 점심시간에 전화를 한
다고 사라지더니 아마도 아들에게 연락한 모양이었다. 어머
니의 전화를 받은 아들이 그길로 외제 차를 끌고 왔겠지. 승
지는 차창을 내리고 엄필숙을 진정시키기 위해 애썼다. 하지
만 그럴수록 엄필숙은 더욱 목소리를 높여 험한 말을 날렸
다. 그 때문에 다시금 가물가물 잠에 취해 있던 할머니들까
지 다 깨어 그 기괴한 광경을 보고 말았다.

"하, 저 미친 것이 또 지랄하네?"

"야 이 씨부럴 염병할 것아! 그만 안 해?"

"그래. 네 격만 떨어지는 거야."

"여기 네년보다 못 배운 사람이 어딨냐?"

순자와 선녀가 갑자기 한 팀처럼 연합해 반박하고 있었다.
행자 할머니는 그 모든 상황을 지켜보며 속으로 생각했다.

'저러면 학교 못 다닐 텐데……. 성질도 참.'

그리고 엄필숙은 성발 그날 이후로 한동안 샛별야학에 나
타나지 않았다.

이건 뭐에 쓰는 꼬부랑말?

선녀는 지난번 엄필숙 사건 이후 석순자와 마음이 통했다고 생각했는지 사사건건 하는 일에 관심을 가지고 참견하기 시작했다. 오늘은 영어 수업이 있는 날이라 숙제로 알파벳 쓰기를 하는 중이었다. 그 모습을 어깨너머로 보고 있다가 그새 자리를 박차고 일어나 오만상을 찌푸리며 꼬부랑글자를 쓰는 순자에게 훈수를 두었다.

"예쁘게 좀 써봐."

"안 해. 안 해. 나 쳐다보면 안 해."

석순자는 이마까지 새빨갛게 달아오를 정도로 애를 쓰다가 선녀가 다가오자 그 핑계로 연필을 집어 던지며 노트를 덮어버렸다. 그런데도 선녀가 슬쩍 들춰 보려 하자 이내 양 팔꿈치로 힘을 주어 열지 못하게 했다.

"아니, 글씨가 왜 이렇게 기어가? 알아보겠어, 어디!"

"이 여편네가 왜 또 와서 이러는 거야? 자꾸 와서 끼어드 는네 … 좋은 빌로 알 내 사셔."

"친구가 힘든 일이 있어 보여서 도와주려는데 뭘 또 한사 코 그런대? 내 맘도 몰라주고."

"친구? 흥! 자기랑 내가? 아니야. 뭔가 착각하는데 그런 거 아니니까 껴들지 말자. 응?"

면박을 주는데도 선녀의 얼굴에서는 웃음기가 가시질 않 았다. 그 상태로 또 여기저기 돌아다니며 참견하고 말을 붙 이는 선녀를 보며 순자는 혀를 끌끌 찼다. 그때 순자의 레이 더망에 들어온 것은 행자 할머니였다. 거의 코를 노트에 박 을 듯이 고개를 숙인 채로 아주 천천히 글씨를 쓰고 있었다.

'에에에이. 비이이이. 고전하시는구변.'

그 모습만 보고도 순자는 행자 할머니가 자기처럼 알파벳 쓰기 앞에서 고전한다는 것을 알 수 있었다.

"형님, 많이 힘들어요?"

하지만 행자 할머니는 집중하느라 순자의 말을 듣지 못했 는지 연신 안경의 코 받침을 추켜올리며 한 자 한 자 정성 들여 글씨를 썼다.

"형님! 많이 힘. 드. 냐. 고. 요."

"아…… 아니 뭐. 나쁘지 않아."

순자는 바로 좀 전에 선녀의 행동에 대해 타박했던 걸 잊어버리고는 행자 할머니의 노트를 빼앗아 확인하기 시작했다. 그리고 기겁해 노트를 바닥에 떨어뜨렸다. 줄이 쳐져 있는 노트를 처음부터 끝까지 거의 다 채운 상태였다. 분명 숙제는 세 번씩 써 오라고 했는데 행자 할머니는 못해도 족히 100번은 쓴 듯했다. 그걸 하나하나 다시 넘겨보며 순자는 눈시울이 뜨거워지는 걸 느꼈다. 자신보다 두 살이나 많은 행자 할머니는 이제 곧 일흔이었다. 반에서도 왕언니인 그녀가 이렇게 열정을 다하고 있다는 생각이 드니 순간 자신이 부끄러워지기까지 했다.

"형님, 적당히 해요. 이러다 병나요."

"응? 괜찮아."

"괜찮기는요. 지금 이게 뭐야. 저기 여러분! 우리 형님 쓴 것 좀 보세요. 이거 보고 힘들다고 공부하는 거 어렵다 소리 하면 안 돼요!"

순자는 노트를 펴서 처음부터 끝까지 촤라락 넘기며 학우들에게 보여주었고 이내 여기저기서 탄성이 터져 나왔다. 어설프지만 그래서 오히려 그 노력의 흔적이 더한 감동이 되었음이 분명했다. 그걸 본 선녀마저도 입을 삐쭉거리다 자기 자리로 돌아가 알파벳을 쓰기 시작했으니 말이다.

"그런데 ~~괜찮을까요?~~"

한편 교무실에서는 새 영어 선생님 선정을 두고 갑론을박이 한창이었다. 전임자였던 선생님은 한 달 만에 개인 사정으로 사직을 통보해 왔고 새 학기가 시작한 지 얼마 되지도 않아 새로운 선생님을 뽑아야 하는 게 부담으로 작용했던 탓이었다. 그 와중에 지원한 사람은 다섯. 1:1 면접을 막 마치고 온 부장은 최종 선택을 앞두고 고심을 거듭했고 다른 선생님들이 물어보자 프로필을 간단하게 들려준 터였다.

"스펙이 너무 좋아도 좀 그렇지 않아요? 취업이나 승진이나 뭐 그런 일로 그만둘 수도 있고요."

"근데 지난번에 봐서 알잖아. 너무 스탠더드만 고집해서 옛날 스타일로 가르치려고 하니까 어르신들 힘들어하는 거."

"하긴, 저는 이번 학기가 처음이지만 그 소리 들었어요. 어르신들이 단체로 교무실 찾아와서 이러면 못 다닌다고 하셨다면서요?"

"우리도 그런 케이스는 처음이라서 진땀깨나 뺐다니까. 선생님이 나쁜 건 아닌데 가르치는 사람들이 정규교육을 제대로 못 받은 지 50년이 훌쩍 넘었다는 사실을 이해 못 하더라고요. 거기서 핀트가 엇나간 것 같아."

"그래서 부장님이 저희 교육하실 때 잘 가르치는 것보다는 마음을 잘 헤아릴 줄 알아야 한다고 하신 거구나?"

수학 선생님이 자기 자리로 의자를 돌리며 말했다. 신입 OT 때 교수부장이 한 시간 동안 같은 말을 반복하고 또 반복해서 이상하다고 생각했었다. 그런데 오늘에서야 그 이유가 밝혀졌다. 전임자의 전철을 밟지 말라는 뜻이었다는 걸. 그 때문에 그렇게 강조한 거라는 걸. 승지도 들으며 고개를 끄덕였다.

"저는 그 아이들 가르쳐보셨다는 선생님이 좋을 것 같다는 생각이 들어요. 실은 어르신들이 약간 애기들과 비슷한 부분이 없지 않아 있잖아요? 샘도 좀 많으시고 많이 반복해서 알려드려야 하고요. 크크."

"그건 그렇지. 둘 다 귀엽지. 어떤 면에서는 순수하고."

"애기들한테 영어를 가르쳐봤으면 그런 방식으로 가르치지 않을까요? 잘 모른다고 배워본 적이 없다고 생각하고요. 그냥 제 의견이에요."

승지는 자신의 의견을 얹었다. 곰곰이 생각하던 부장도 고개를 끄덕이며 동의를 표했다.

"특히 영어는 어려우니까⋯⋯. 일단 알았어요. 정해지면 인사 시킬게요."

부장은 그렇게 말한 뒤 이력서 파일을 캐비닛에 넣고 자리를 떴다.

일주일 뒤, 올림머리를 하고 목에는 파란색 스카프를 두른 여자 선생님이 교무실을 찾았다. 위아래로 맞춰 입은 투피스도 주름 하나 없이 깔끔했다. 30대 중반으로 보이는 선생님은 문밖에서 기웃거리다가 승지와 마주치자 눈인사를 한 뒤 안으로 들어섰다. 그녀를 본 교수부장은 화색이 만연한 낯으로 알은체했다.

"오셨구먼! 자자, 소개할게요. 우리 중학 1반 맡아주실 채란 영어 선생님입니다."

긴장한 기색이 역력한 영어 선생님은 손으로 재킷을 만지며 옷매무새를 정리했다.

"오늘부터 수업 맡아주실 거고 저랑은 따로 OT 진행했고요. 많이들 도와주세요. 인사 한번 하실까요? 간단하게 하시면 됩니다."

"안녕하세요. 채란입니다. 어학원에서 영어를 가르치다가 결혼한 뒤로 쭉 쉬었고요, 티칭이 다시 하고 싶어서 왔습니다. 잘 부탁드립니다."

승지는 두 손을 번쩍 들고 손뼉 치며 환영했고 교무실의 다른 세 선생님들도 인사를 건네며 안면을 텄다.

"여기 앉으시면 돼요."

부장은 승지의 옆자리를 가리키며 말했고 나가기 전 교재를 챙겨주었다.

"저, 부장님. 그런데 교재는 제가 그때 말씀드린 대로 참고용으로만 사용하려고요. 어르신들이 이해하기 편하게 시청각 자료랑 이것저것 쓰려고 가져왔는데 괜찮나요?"

"아, 교재 안 쓰고 참고서나 부교재 위주로 하실 거면 그날 어떻게 수업하셨는지 또 진도는 얼마나 빼신 건지 일지 작성만 해주시면 됩니다. 근데 저희가 빔 상태가 좀 안 좋은데……. 쓰실 건가요?"

"쓰긴 할 거고요, 혹시 몰라서 제 걸 가지고 왔어요."

"네? 빔을요? 그걸 어떻게 가지고 오셨답니까?"

"이동식이어서 차에 실어 왔어요. 아래에서 가지고 올라오면 됩니다."

"이야 대단한 열정이신데요. 박수 한번!"

그 말에 깜짝 놀란 선생님들이 엉겁결에 손뼉을 치기 시작했다. 채란은 얼굴 붉히는 기색 하나 없이 당당하게 팔을 안쪽으로 감고 무릎을 살짝 굽히며 감사 인사를 했다.

"저, 선생님. 죄송한데 제가 혼자 들고 올 수는 없을 것 같은데요, 혹시 잠깐 같이 내려가서 도와주실 수 있을까요?"

채란이 싶사니 승지에게 부탁하자 승지는 흔쾌히 알겠노라 대답했다. 그러고는 이내 채란을 따라나서 길가에 세워둔 SUV에서 이동식 스크린과 프로젝터를 꺼내 함께 들고 올라왔다.

"선생님, 이거 어떻게 갖고 오셨어요? 집에서 내릴 때는 혼자 하셨을 거 아니에요?"

"아……. 하나씩 들고 옮겼죠. 엘리베이터가 있으니까 그렇게 힘들지는 않았어요."

"그러셨구나. 어르신들이 좋아하실 것 같아요. 이왕이면 재밌게 공부하는 게 좋으니까요."

말은 그렇게 했지만 승지는 확신할 수 없었다. 지금까지 자신이 봐왔던 방식이 아닌 터였다. 하지만 명사구와 부사절 등을 배울 때는 문법 위주의 수업보다는 낫지 않을까 싶기는 했다.

"하이 에브리원. 안녕하세요."

"안녕하세요, 선생님."

채란은 교단 위에 서서 목소리를 한 번 가다듬고는 하이 톤으로 인사를 건넸다. 발랄한 이미지의 선생님이 등장하자 어르신들도 호기심 반 기대 반으로 반갑게 인사를 했다.

"제가 이제 새롭게 수업을 맡아 진행할 거예요. 교재는 받으셨지만 진도는 많이 안 나간 걸로 알고 있어요. 그래서 좀 편하게 하려는데 괜찮으실까요?"

"편?"

어르신들은 이내 수군대기 시작했다.

"편! 뻔뻔하다는 건가?"

"아니지, 그럼 뜻이 안 맞잖아. 문맥을 생각하라고 했잖아 국어 선생님이!"

"그럼 재미있게 한다는 뜻인가?"

"그런 거 같은데?"

채란은 학생들의 웅성거림에도 아랑곳없이 소개를 이어 나갔다.

"어르신들은 영어가 꽤 낯설 것 같아서 되도록 영상이나 시청각 자료를 많이 활용하려고 해요. 제가 이 방법으로 수업을 해봤는데 효과를 톡톡히 봤거든요. 좀 낯선 방법일 수 있지만 절 믿고 따라와주시면 좋겠습니다."

그러고는 다시 한번 90도로 정중하게 인사를 했다.

"자, 그럼 첫 수업은 파닉스를 해볼 건데요. 알파벳 쓰기는 많이 연습하셨다고 들었어요. 그런데 그 알파벳이 뭉쳐 있을 때 어떤 발음이 되는지 아직 잘 모르실 것 같아서 수업 때마다 영상 보고 반복해서 해볼게요. 시작할 때 딱 20분만 할 거예요. 그다음에는 단어를 많이 익혀보도록 할게요. 아셨죠?"

"……"

"파닉선?"

"파닉슈?"

"파닉소닉?"

"아, 그냥 따라 해봅시다. 재밌게 하겠다니까 괜찮겠지."

"그래. 선생님이 하시는 거 따라 하는 게 학생이잖아."

채란은 가지고 온 이동식 스크린을 펼치고 삼각대를 세팅한 후 빔을 올려놓았다. 그리고 교탁을 옆으로 치운 뒤 그 위에 자신의 노트북을 올리는 것으로 준비를 마쳤다. 새생 버튼을 누르자 디즈니 캐릭터가 스크린을 가득 채웠다. 익숙한 캐릭터에 어르신들도 손가락으로 가리키며 신기해했다.

"저거 미키?"

"도날드 덕?"

그러자 채란의 얼굴에는 의미심장한 미소가 번졌고 영상

에 나오는 대로 바로 따라 하라는 지시가 이어졌다. 시범으로 10초간 자신이 하는 모습을 보여주기도 했다. 열정적인 선생님에 비해 어르신들은 다소 힘에 부치기는 했으나 열심히 해보자고 마음을 먹었다.

"에이. 애애애 애플."

"에이. 애애애 애뿔."

"비. 브브브 버내나."

"비. 브브브 뻐내나."

그렇게 20분간의 파닉스 수업이 끝이 났다. 채란은 어르신들의 반응을 살폈다. 어르신들의 두 볼이 상기되어 있었다. 지친 기색은 거의 없었다. 큰 소리로 말하며 따라 하는 게 처음엔 힘들어 보였지만 지금은 오히려 아이로 돌아간 듯한 느낌에 젊어진 것 같기도 했다. 그날 이후 어르신들은 영어 수업을 손꼽아 기다리게 되었다.

500/50

　오후 여섯 시 삼십 분. 아직 수업이 시작되려면 30분이나 남았다. 보통 이 시간의 교실은 텅 비어 있기 마련인데 웬일인지 대여섯 명이 여기저기 흩어져 앉아 있었다. 그중 맨 앞줄 교탁 밑에 자리 잡고 뭔가를 열심히 쓰는 사람이 순자의 눈에 띄었다. 그녀는 다가가 어깨를 탁, 치며 말을 걸었다.

　"오늘 왜 이렇게 일찍 왔어요?"

　"나? 그냥……."

　"아니 이거 다 뭐야? 독음 달아놓은 거예요? 형님?"

　"아니 뭐……. 헷갈려서……."

　"아이코, 이 정성 보소. 이거 나눠 보고 돌려 보고 이래야 하는 거 아니에요?"

행자 할머니의 노트를 보고 눈이 휘둥그레진 순자가 진담 반 농담 반으로 말했다. 그러자 행자 할머니는 얼른 노트를 덮어버리고는 고개를 저으며 순자에게 눈빛으로 대답했다.

'소문내지 마.'

하지만 그 틈에, 어느새 곁에 와 있던 선녀가 노트를 잽싸게 빼앗아 펼쳐 보더니 역시 놀라 호들갑을 떨기 시작했다.

"아니, 이 언니 보통 사람이 아니었네. 얌전한 고양이가 부뚜막에 먼저 올라간다 하더니! 이걸 나만 보면 섭섭하지."

선녀는 행자 할머니의 허락도 없이 노트를 들고 근처의 사람들에게 가 활짝 펴서 보여주었다. 자신의 주특기인 TMI를 덧붙여서. 보는 사람들마다 깜짝 놀라며 행자 할머니 쪽을 쳐다보았고 쏟아지는 시선이 부담스러웠던 행자 할머니는 급기야 손사래를 치며 입 모양으로 해명하기 시작했다.

'아니야. 별. 거. 아. 니. 야.'

마지막으로 그 노트는 박시옷에게 전달되었다. 그녀는 특유의 애교 섞인 목소리에 손뼉까지 치며 열정적인 반응을 보였고 그 소리는 수업 준비를 위해 일찍 도착한 채란의 귀에까지 들어가게 되었다.

"무슨 일 있으세요?"

한 손으로는 무거운 이동식 스크린을 질질 끌고 다른 한 손으로는 미니빔과 삼각대를 들고 나타난 채란에게 시옷은 직접 한 장 한 장 페이지를 넘겨가며 행자 할머니가 혼자 공부한 흔적을 보여주었다. 채란도 그걸 보고 놀라다가 이내 심각한 표정을 지었다. 예상치 못한 반응에 당황한 학생들은 굳은 얼굴로 채란의 다음 말을 기다렸다.

"우선, 어르신 너무 고생 많으셨고요. 이 두꺼운 노트를 어떻게 다 채우셨대요? 우리 같이 수업한 지 이제 세 번 정도밖에 안 되었는데 이렇게 고생하셨다고 생각하니 제가 다 마음이 찡하네요. 우선 우리 박수 한번 쳐드리죠!"

그러자 주변 학생들이 다 같이 환호를 지르며 손뼉을 쳤다. 하지만 채란이 뒷말을 잇는 순간 학생들은 서로를 돌아보며 행자 할머니의 눈치를 살폈다.

"그런데요 어르신. 오해하지 말고 들어주세요. 아셨죠? 여기 밑에 이렇게 한글로 발음을 달아놓으면 영어가 눈에 안 들어오고 발음을 익히는 데 오히려 나중에는 힘드실 수가 있어요. 그래서 되도록 안 적는 게 좋긴 한데 사실 그게 어렵다는 건 알아요. 그러니까 저랑 공부하는 한 달 정도는 밑에 작고 연하게 적는 건 괜찮고요. 익숙해지면 안 적으면 좋을 것 같아요. 그냥 자전거 타는 거랑 똑같다 생각하시면 돼요. 처음에는 보조 바퀴를 아예 안 달 수 없으니까 달다가 나중에 익숙해지면 떼잖아요? 그거랑 비슷하다고 생각하시면 돼요. 제 말로 노여워하지 않으실 거죠?"

채란은 아주 신중하게 단어를 고르고 골라 마음을 다치지 않도록 애를 썼고 행자 할머니는 알았다는 뜻으로 고개를 끄덕인 다음 시옷에게 노트를 달라고 손을 뻗었다.

"저…… 선생님. 그럼 이미 쓴 건 지워야 하나요?"

"아뇨. 그러실 필요 없어요. 쓰신 건 그냥 두고요. 지금은 쓰셔도 돼요. 너무 수고 많으셨고요."

채란은 그 말을 끝냄과 동시에 행자 할머니에게 다가가 양쪽 어깨를 손으로 쓰다듬으며 친근함을 표했다.

"자, 오늘도 우리 신나게 한번 출발해볼게요!"

채란은 지난번 수업과 같이 파닉스 동영상을 재생해 빔프로젝터로 스크린에 쏘았다. 물속을 떠다니는 〈니모를 찾아서〉의 주인공들이 입을 빵긋대며 말하기 시작했다. 그 모습에 웃음을 간신히 참고서 할머니들은 목소리를 높여 따라 했다.

"자, 어르신들. 잠깐만요."

채란은 화면을 멈춘 뒤 설명을 이어 나갔다.

"아까 어르신께서 발음을 한글로 손수 바꿔서 다셨는데 이렇게 하면 대부분의 영어 발음을 표시할 수가 있어요. 그런데 안 되는 게 몇 가지 있어서 알려드리려고 해요. 이건 따로 입 모양과 소리 내는 법을 꾸준히 연습하셔야 합니다. 아셨죠? 지금 나온 이 물고기 니모는요, 피쉬라고 하는데요. P가 아니라 F로 시작해요. 둘 다 '프' 처럼 들리지만, F는 입술을 물어서 발음해주셔야 해요. 그래야 두 가지를 구분할 수 있어요. 한번 해볼까요?"

말이 끝나기 무섭게 할머니들은 발음을 흉내 내기 시작했다. 하지만 어떤 곳에서는 흐으라는 소리가 터져 나오고 또 어떤 곳에서는 여전히 프으라는 소리가 터져 나왔다. 그 모습을 묵묵히 지켜보던 채란은 멈추라는 손짓을 하고 이 부분은 연습이 많이 필요하다는 말과 함께 멈춘 영상을 다시 틀어 수업을 이어 갔다. 이날 이렇게 발음이 어렵다고 설명한 구간은 'R'과 'SH' 그리고 'CH'였다. 할머니들은 각자 가장 비슷하다고 여겨지는 발음을 한글로 조그맣게 적어놓고는 하굣길에 몇 번이고 연습했다.

"영어는 혼자 하기 힘드니까 같이 공부할까?"

"그거 괜찮네. 나는 도통 안 되더라고."

"집에 가면요오, 싹 까먹어요오. 그리고 그게 맞는지 안 맞는지도 모르겠어요오."

"그치? 나만 그런 건 아니네."

오늘도 수업 시간보다 일찍 나온 어르신들은 각자의 공부 노트를 서로 보여주며 하소연했다. 태어나 단 한 번도 배운 적이 없는 외국어를 칠순이 다 된 나이에 배우려고 하니 머리가 아파 견딜 수가 없다는 어르신도 있었다. 다들 영어 과목이 포함된 날이면 수업 시간보다 30분은 먼저 와서 써보고 달달 외우지만 그렇게 해서 되지 않는다는 걸 여실히 깨닫고 있었다. 그렇다고 돈 한 푼 받지 않고 순전히 봉사의 의미로 가르쳐주는 선생님에게 가외로 또 공부시켜달라고 하기에는 정말 미안했다. 그래서 할머니들끼리 한 시간 일찍 와 밥도 같이 먹고 공부도 하자는 의견이 나왔고 여기에 행자 할미니와 석순자, 박시옷 그리고 박선녀까지 합류했다. 이렇게 넷은 졸지에 영어 스터디를 결성하게 되었고 어느새 공부를 핑계로 돈독한 우정을 쌓기 시작했다.

"근데 자기는 세탁소 한다면서 이렇게 와서 수업 듣고 그래도 돼?"

순자는 계란말이를 입에 넣고 오물거리며 선녀에게 말을 걸었다.

"안 될 게 뭐 있어? 그리고 나 없으면 남편이 하지."

선녀가 퉁명스럽게 대답했다.

"근데 보니까 맨날 그 앞 지나가면 자기는 안 보이던데?"

"나 없을 때만 오나 보지."

순자가 다시 물었고 선녀는 이번에도 성의 없이 답했다.

"세다소 쉬는 닐 없다는 것노 옛날이구먼. 아니면 남편이 옴팡 뒤집어썼든가."

"뭐? 또 시비야, 이 여편네가!"

선녀는 갑자기 젓가락질을 멈추고 덤벼들 듯이 엉덩이를 들썩거렸다.

"또 이런다. 공부하자고 모여서는 이렇게 또 말싸움이나 하고."

둘을 지켜보던 행자 할머니가 중재하고 나섰다.

"아니 뭐 난 시비 걸려고 그런 건 아니에요."

"우리 밥 얼른 먹고 연습하자고."

"근데 우리끼리 연습은 하는데 이게 맞는 건지 안 맞는 건지 헷갈려요."

"그건 그래요오. 이렇게 모여서 밥 먹고 하는 건 너무 좋은데 형님 말마따나 우리가 노가리 까려고 모인 건 아니니까아."

시옷은 자기 앞에 놓인 조린 메추리알을 젓가락 끝으로 콕

찍으며 한마디 보탰다.

"그치……."

"근데 이건 진짜 맛있네. 내가 저 여편네 다른 건 인정 안해도 이건 인정!"

"뭐여?"

"칭찬이잖아요오. 저도 동감이에요오. 사실 형님 도시락 먹고 싶어서라도 못 그만두겠어요오."

할머니들은 책상 네 개를 모아 붙인 뒤 각자 싸 온 도시락을 위에 풀어놓고 함께 저녁을 먹었다. 공부하려고 모이기는 했지만 그게 전부가 아님을 알기에 먼저 친해지기로 한 것인데 다들 매번 순자의 솜씨에 놀라곤 했다. 스물이라는 나이에 결혼해 남편과 함께 전국 공사장을 떠돌며 함바집을 오래 운영한 순자는 음식 솜씨에 일가견이 있었다. 게다가 손이 커 자기 것만 싸 오는 게 아니라 늘 다 같이 먹어도 모자람이 없게 반찬을 준비했다. 오늘은 다섯 명도 충분히 먹을 양의 쫄깃한 찹쌀 탕수육을 가져와 소스를 부은 뒤 일일이 앞접시에 덜어 주었다. 그 맛을 본 할머니들은 혀를 내둘렀다.

"우리만 맛을 보기에는 이 솜씨가 너무 아까워요오."

"이 정도쯤이야."

순자는 말을 하며 얼굴을 붉혔다. 선녀마저 연신 찹쌀 탕

수육을 집어 입으로 가져갔다. 그 모습을 보던 행자 할머니가 한마디 툭 던졌다.

"적적하면 반찬가게라도 해보면 어때? 이 동네에 혼자 밥 먹는 사람들 많은데……."

"반찬가게요?"

"그래, 반찬가게 해서 우리는 맨날 공짜로 좀 주라."

선녀가 옳다구나 하며 덤벼들었다.

"뭔 개소리야!"

순자가 눈을 흘기며 면박을 주었다.

"농담이야. 농담. 무슨 사람이 농담이랑 진담을 구별을 못 해. 노느니 해봐."

이에 기죽지도 않고 선녀가 낄낄대며 대답했다.

"그러게요오. 이 동네에 1인 가구가 절반 가까이 된다고 구청에서 그런 것 같았는데에."

시옷도 열심히 거들었다. 그 말에 순자는 갑자기 심각한 표정이 되었다. 진지하게 고민하는 눈치였다.

"왜?"

"아뇨. 그 생각을 아예 안 해본 건 아닌데요. 생각보다 연비동이 보증금도 세고 월세도 비싸고 그래서 설비하고 막 그러면 들인 돈도 못 건지는 건 아닌가 싶어서요. 뭐 반찬가게라 종일 붙어 있어야 할 필요는 없어서 그건 좋지만. 그래도 또 장사라는 게 시작하면 신경 쓰이잖아요."

"그건 그렇지. 혹시 좋은 조건 생기면 할 생각은 있고?"

말수 적은 행자 할머니가 먼저 질문을 하고 나섰다.

"그야 뭐…… 그렇죠. 근데 내 팔자에 무슨 그런 복이 있을까 싶기도 하고."

순자는 늘 자신이 박복하다고 생각했다. 함바집을 했으니 크게 돈을 만졌을 법도 한데 남편의 노름빚으로 그나마 있던 돈도 다 까먹어 연비동에 얻은 전셋집이 전부였다. 가게를 얻자면 그 전세금이라도 빼서 보증금을 마련해야 했다. 그러니 희망찬 미래를 그려보려고 해도 쉬이 그럴 수가 없었다.

"그래……. 뜻은 알았어. 암튼 맛있어. 잘 먹었어."

며칠 뒤, 행자 할머니가 순자에게 전화를 걸었다. 수업이 없는 날에 개인적으로 연락한 것은 처음이라 순자는 깜짝 놀랐다. 행자 할머니는 잠깐만 나와보라며 주소를 설명했고 의아한 마음으로 나간 순자는 임대 문의 쪽지가 붙은 가게 앞에서 행자 할머니를 기다렸다. 5분 정도가 흘렀을까, 옅은 분홍색 카디건을 입은 행자 할머니가 순자를 발견하고는 어깨를 지그시 잡았다.

"형님!"

"많이 기다렸어?"

"아니에요. 근데 무슨 일이에요? 나 궁금해서 막 물어보려고 하다가 그래도 형님이니까 무슨 뜻이 있겠지 하고 나온 신네."

"여기 들어가 보자."

"여기요?"

행자 할머니는 임대 문의 쪽지가 붙은 빈 가게 안으로 순자를 불러들였다. 불을 탁 켜니 안이 금방 환해졌다. 열 평정도 되는 작은 실내지만 후드가 달린 가스대와 조리대도 있고 시스템 에어컨도 설치된 데다가 안쪽 문을 열면 창고로쓸 만한 공간도 있었다. 순자는 여기저기 둘러보며 마음에든다고는 생각했지만 무슨 의중인지를 파악하지 못해 고개만 갸웃거렸다. 그러자 행자 할머니가 오랜 침묵을 깨고 입을 열었다.

"여기서 해."

"뭘요?"

"반찬가게."

"네?"

"그냥 여기서 해."

"내가 그럴 돈이 어딨어요. 여기 연비동에서도 '막사가마트' 근처라 세가 비쌀 건데."

"조건은 괜찮아. 그냥 해."

"그럴 리가요."

"우리 조카네가 나더러 뭐 해보라고 하던 자린데 조건이 좋아. 그냥 자기가 해."

"형님……. 나 생각해서 이렇게 다 챙겨주고…… 너무 고마워요……."

"저 앞에 공인중개사 가서 계약서 하나 쓰고 가."

"형님……."

"에이, 뭘 또 그래. 가. 가보자고."

그렇게 석순자는 마음에 품고만 있던 가게를 열게 되었다. 그것도 시세의 반값인 500/50에 말이다. 그 중개자가 평소 조용하고 말 없는 행자 할머니일 줄이야. 순자는 그 후로는 행자 할머니가 지나가는 길에다가도 감사하다는 절을 하곤 했다. 하지만 그 가게가 실은 행자 할머니의 것이라는 건 알지 못했다. 제 가격에 내놨던 것을 순자를 위해 반으로 깎았다는 사실도.

노인도 슬프게 울 때가 있지

"요즘 선녀 왜 코빼기도 안 보이지?"

"왜요오? 미운 정 고운 정 다 들었어요오?"

"아니 뭐…… 조잘대던 게 안 보이니까 그냥 너무 조용해서 그런 거지 정은 무슨 정이야? 하나도 안 궁금해. 어디 또 싸돌아다니겠지 뭐."

순자의 말에 행자 할머니는 슬쩍 웃어 보이고는 노트로 시선을 돌렸다. 하지만 내심 궁금하긴 했다. 반의 활력이 어쩌면 깐족대는 선녀에게서 나오는 걸지도 모른다는 걸 깨닫자 그 빈자리가 너무 크게 느껴졌기 때문이었다. 수업은 순조롭게 흘러갔지만 한 번씩 누군가 제동을 걸어줄 때가 그립기까지 했다.

'화끈한 면이 있지 그 사람이.'

하지만 그쯤에서 생각을 접기로 했다. 엉덩이를 한곳에 오
래 못 붙이는 사람에게는 학교 다니기가 쉽지 않을 수도 있
었다. 행자 할머니는 다시 한 획씩 그어가듯 영어 쓰기에 몰
두했다.

"저 있잖아요, 형님. 저 어제 선녀 형님 봤어요오."

"선녀? 어디서?"

이틀 뒤 수업에 나온 시옷이 행자 할머니의 등을 가볍게
두드리며 말을 건넸다. 고개를 돌리니 아주 난처한 표정이
눈에 들어왔다.

"어디서가 문제가 아니라요오…… 이건 어떻게의 문제 같
아요오 형니임."

"왜? 무슨 문제라도 있어?"

"그게……. 이런 말 옮겨도 되려나 몰라아."

"옮기면 안 되는 말이면 하지 말아야지."

"아이참……. 형님 그런 게 아니라요오."

"그럼 말해봐."

"그게, 울고 있더라니까요오."

"울어? 누가? 누가 운다고?"

둘이서 소곤대는 모습이 수상했는지 조용히 접근해 오던 순자가 탁 하고 시옷의 어깨를 치며 끼어들었다.

"형님까지 알면 곤란한데에…… 힝."

시옷이 망설이며 말 잇기를 주저하자 순자는 버럭 화를 냈다.

"아니 우리가 한 팀인데 의리 없이 이러기 있어?"

"우리가 무슨 한 팀이에요오. 너무 거창한 말 아니에요오?"

"아니, 같이 좋은 일 힘든 일 다 겪으면 그게 한 팀이고 가족이고 그렇지 뭐. 그리고 그게 채란 선생님이 패-밀리라고 했잖아."

"……그건 그렇지요오."

그러면서 시옷은 행자 할머니의 눈치를 살폈다.

"말해봐. 어차피 좁은 동네라 다 알게 될 것 같아."

"그게…… 요즈음 선녀 형님이 안 나왔잖아요오. 무슨 안 좋은 일이 있는 것 같아요오. 어제 막사가마트 앞에서 울고 있는 거 봤어요오. 장 본 것도 다 패대기치고 울고 있더라니까요오. 아는 척하려다가 민망해할 수도 있고…… 그래서 못 했어요오."

"아니 그래도 아는 척은 해야지!"

순자가 급발진하듯 성을 내며 말했다.

"그 상황 돼보세요오. 그게 그렇게 쉽나. 너무 서럽게 울고 있어서 솔직히 좀 무서웠다니까요오."

"그래? 그 정도야?"

"저도 이 나이 될 때까지 쓴맛 매운맛 끔찍한 맛 다 봤지만 그렇게 서럽게 울었던 적은 없었던 것 같은데요오."

"그치가 나대는 스타일이라서 더 그런 걸 수도 있어."

순자가 흥분을 가라앉히며 말했다. 하지만 행자 할머니의 생각은 달랐다. 이 나이쯤 되면 사람이 경험할 수 있는 일은 거의 다 겪어본지라 웬만하면 크게 화를 내거나 울거나 할 일이 없어지기 때문이었다. 그녀의 성품도 원래부터 이렇게 평화롭기만 한 것은 아니었다. 시장통에서 일할 때는 멱살 잡고 싸우고 거래처가 도망갔을 때는 울고불고하기도 했다. 그걸 다 겪은 지금은 일희일비하지 않는다. 그래서 행자 할머니는 보통 일이 아닐 것 같은 예감이 들었다.

"자, 이제 수업 시작해볼게요."

선녀의 일에 정신을 판 사이 승지가 들어와 교단에 섰다. 시옷과 순자는 얼른 자신들의 자리로 돌아가고 이내 수업이 시작되었다.

"이거 얼마예요?"

"그건 좀 비싼데…… 백화점에 들어가는 거랑 똑같은 거예요. 대신 엄청 달고 맛있지. 맛은 내가 보장!"

"그럼 이걸로 줘요."

그날 수업이 끝나고 행자 할머니는 막사가마트 근처 과일 가게에서 특대형 멜론이 들어 있는 과일 꾸러미를 하나 샀다. 사람 마음을 달래고 사정을 듣는 데는 과일만 한 게 없다는 생각에서였다. 그걸 들고 어기적어기적 세탁소로 향했는데 영업을 하고 있어야 할 가게가 문을 닫았다. 행자 할머니는 그 모양새가 이상해 밖에서 안을 유심히 들여다보았다. 그때 누군가 뒤에서 톡 하고 어깨를 쳤다.

"누구세요?"

얼굴이 넓적해 두꺼비를 연상시키는 한 할머니가 의심스러운 표정으로 행자 할머니를 살피고 있었다.

"아, 여기 세탁소 안주인이랑…… 친구 아니…… 아는 사이예요."

"아는 사이요? 어떻게 아는 사이인데요?"

갑자기 상대가 험악한 표정을 지었다.

"같은 학교 다녀요. 같은 반이고요."

"아. 혹시 야학 다니세요?"

"네. 김행자라고 해요."

"아…… 저는 선녀 언니 동생이에요. 그런데 무슨 일로……?"

"무슨 일이 있는 건 아니고 며칠 빠졌길래 학교 숙제도 좀 알려주고 잘 지내나 안부도 확인할 겸."

"그럼 저기 골목으로 들어가서 두 번째 집으로 가보세요. 언니 아마 집에 있을 거예요."

"고맙습니다."

행자 할머니는 고개를 살짝 숙여 인사한 뒤 다시 부지런히 걸음을 옮겼다.

'최명수와 박선녀의 집'

요즘에는 거의 볼 수 없는 문패를 떡하니 달아놓아서 다행히 헷갈릴 일은 없었다. 행자 할머니가 초인종을 눌렀고 잠시 후, 익숙한 목소리가 흘러나왔다.

"누구세요? 어디신데요? 무슨 일이세요?"

대답할 틈도 주지 않고 연거푸 묻는 게 선녀답다는 생각을 했다. 행자 할머니가 이름을 말하는 동시에 찰칵 소리와 함께 대문이 열렸다. 상대를 제대로 확인하지도 않고 대문부터 여는 것 역시 성격 급한 선녀다웠다. 행자 할머니가 마당으로 들어서는데 물이 뚝뚝 떨어지는 머리를 수건으로 돌돌 만

채 선녀가 뛰어나왔다.

"형님! 여기까지 어쩐 일이시래?"

"아니……?"

행자 할머니는 선녀의 변한 얼굴에 놀라 자신도 모르게 걸음을 멈췄다. 눈꺼풀이 소시지만 하게 부풀어 있었다. 그런 행자 할머니를 보며 선녀가 멋쩍게 웃었다.

"형님, 이거 자꾸 눈이 처져서 쌍꺼풀 수술한 거야……. 안으로 들어갈래요?"

행자 할머니가 과일 바구니를 건네자 선녀는 애교스러운 표정을 지어 보이며 고맙다고 말했다. 그리고 잠시 뒤 쟁반에 칼과 과일을 담아 내오더니 행자 할머니 쪽으로 밀었다.

"형님이 좀 깎아주슈. 나는 과일 잘 못 깎잖아. 귀찮아서 사다 먹지도 않고."

행자 할머니는 선녀의 그런 천연덕스러운 모습이 싫지 않았다. 선녀답다고나 할까. 칼로 멜론을 자르며 넌지시 물었다.

"그런데 무슨 일 있어? 학교는 왜 안 나와?"

"무슨 일은. 지금 꼬라지가 이래서 못 가는 거죠."

"그럼 선글라스라도 쓰고 나와야지. 이렇게 땡땡이치면 쓰나."

행자 할머니는 웃는 얼굴로 면박을 주며 멜론 한 조각을 포크로 찍어 선녀의 입에 넣어주었다.

"아이고 또 이렇게 입까지 배달 서비스를! 내가 이래서 형님 좋아하잖아. 다정하고."

선녀는 환한 얼굴로 오물오물 멜론을 먹었다. 지금이 기회다 싶어 행자 할머니는 얼른 본론으로 들어갔다.

"집에 무슨 우환이라도 있어?"

"우환……이랄 것까지는……. 아니다. 형님 나 사실 있어."

"무슨 일인데? 불편하면 말 안 해도 되고. 근데 자기 같은 스타일은 말 안 하면 병나. 내가 알아."

그 말과 동시에 행자 할머니는 멜론을 하나 더 집어서 입에 넣어주었다.

"그게…… 내가 비참해서 말 안 하려고 했는데 우리 남편이 집을 나갔어요……."

선녀의 얼굴이 눈에 띄게 어두워졌고 그걸 지켜보는 행자 할머니는 마음이 쓰라렸다.

"예전에도 그랬어?"

"젊을 때는 아주 끝도 없었지. 맨날 나 못생겼다고 밖으로 돌고……."

선녀의 눈에서는 급기야 굵은 눈물방울이 뚝뚝 떨어지기 시작했다. 행자 할머니는 자기 웃옷 앞섶을 잡아당겨 급한 대로 눈물을 닦아주었고 이에 선녀의 울음이 한꺼번에 터져 나왔다.

"으아아아아아…… 이러고 사는 내가…… 불쌍하고 가엽고 그래요……"

행자 할미니는 손바닥으로 선녀의 눈을 쓸어내렸다. 그리고 잠시 후, 울음을 멈췄을 때 선녀를 꼭 끌어안으며 말했다.

"지금 가슴이 뻥 뚫린 것같이 시릴 거야. 근데 난 응원해. 세상 모든 사람이 화가 나서 헤어지기로 마음먹었다면 남은 가정 몇 없을 거야. 또 새 출발도 괜찮아. 지금 나이가 뭐 그런 거 신경 쓸 때는 아니잖아. 그러니까 속 끓이지 말고 먹을 거 잘 챙겨 먹고 잠 잘 자고 그래. 학교도 나오고. 바쁜 게 좋아."

그러고는 눈물자국으로 얼룩진 얼굴의 선녀를 떼어놓고 일어섰다.

"내일 나와. 안 오면 순자 데리고 쳐들어온다."

"아이고 형님! 그 사람은 델고 오지 마. 절대 안 돼. 이 꼬라지 보면 아주 꼬시다고 놀릴 인간이니까!"

어느새 원래 모습으로 돌아온 선녀에게 행자 할머니는 안녕을 고하고 집 밖으로 나섰다.

이튿날, 수업 직전에 바람처럼 선녀가 나타났다. 까만 선글라스를 끼고 모자까지 쓴 채였다. 그 모습을 발견한 순자는 건수를 하나 잡았다는 표정으로 가까이 다가갔고 이에 아랑곳없이 선녀는 인사를 건넸다.

"안녕들 하셨소? 나 없으니까 영 분위기가 안 사네."

"아니 이 여편네가 무슨 바람이 났나. 웬 선글라스야?"

면박을 주는 순자의 말에 행자 할머니와 선녀의 눈이 마주쳤다.

"바람은 내가 아니라 딴 사람이 났지!"

선녀가 갑자기 선글라스를 휙 하고 벗었다. 순자의 눈이 동그래졌지만 선녀는 개의치 않았다. 잠시 후, 순자가 웃음을 터뜨렸고 눈물이 찔끔 날 때까지 그치지 못했다. 그런 순자를 보며 선녀가 흥 하고 콧방귀를 뀌기는 했으나 딱히 타박히지는 않았다. 그제야 시옷도 마음 놓고 순자를 따라 웃었고 행자 할머니마저 빙긋 미소 지었다.

기시감

행자 할머니네 부엌에 달콤하고 구수한 냄새가 가득 퍼졌다. 행자 할머니는 들통 앞에 서서 뚜껑을 열고 안을 들여다보며 한 번씩 휘저었다. 얼마나 지났을까? 마지막으로 한 번 더 확인하고 미리 준비해놓은 그릇에 내용물을 쏟기 시작했다. 뽀얀 국물에서 김이 모락모락 피어났다. 한우 뼈를 사다가 푹 곤 사골국이었다. 그뿐만이 아니었다. 옆에서는 돼지 수육이 잘 삶아지고 있었다. 행자 할머니는 그것 역시 꺼내어 나무 도마 위에 올려놓고는 칼로 숭덩숭덩 잘랐다. 쫄깃쫄깃하고 야들야들한 고기의 단면이 빛을 받아 반짝였다. 행자 할머니는 하나를 집어 입에 넣고 오물거리더니 만족스러운 미소를 띠었다.

'이 정도면 됐어.'

푹 곤 한우 사골국은 보온병에 담았다. 수육은 2단 도시락 위 칸에 넣고 아래는 잡곡밥으로 채웠다. 마지막으로 함께 먹을 김치는 큼직하게 잘라 따로 플라스틱 통에 담았다. 그것들을 쇼핑백에 차례로 넣고 나서야 학교 갈 준비가 끝이 났다. 가방을 메고 쇼핑백까지 야무지게 든 뒤 집을 나서는 길이 설레기까지 했다. 영어 스터디를 위해 일주일에 두 번 일찍 학교에 가야 하지만 오히려 좋았다. 빈 교실에 옹기종기 모여 앉아 각자 싸 온 도시락을 펼쳐놓고 밥을 먹으며 이야기꽃을 피웠다. 국민학교를 그만둔 이후로 처음 있는 일이었다. 그때마다 보리밥 한 덩이와 노릇노릇하게 부친 소시지를 나눠 먹던 옛 친구들이 떠올라 눈시울이 빨개졌다. 그리운 학창 시절. 너무 짧았던 학교생활. 하지만 이제 다시 시작이었다.

행자 할머니는 씩씩하게 고갯길을 넘기 시작했다. 그때 발작하듯 전화벨이 울렸다. 카디건 반대쪽 주머니에 든 휴대전화를 꺼내기가 어려워 쇼핑백을 든 손을 간신히 바꾼 뒤 전화기를 집었다.

'아들놈'

"무슨 일이니?"

행자 할머니는 의아해하며 전화를 받았다.

"엄마 어디야?"

"학교 가는 길이지. 왜에?"

"엄마, 오늘 혜인이가 은행 시재가 안 맞아서 너무 늦어질 것 같다는데⋯⋯. 효영이 좀 봐줘요. 나도 내일 심사가 있어서 꼼짝 못 해. 내가 최대한 빨리 갈 테니까 지금 가서 애기 밥 좀 줘요."

"⋯⋯."

"엄마? 진짜 급해서 그래. 걔 수영 갔다 오면 집에 혼자 있는데 가뜩이나 운동해서 얼마나 배고프겠어⋯⋯. 그냥 내버려둘 수도 없고. 엄마 좀 부탁해요. 진짜로. 엄마 손녀잖아."

"알았다."

행자 할머니는 그 한 마디만 뱉고는 언덕길을 도로 내려가기 시작했다. 버스를 타고 15분 거리의 아들네 집으로 향하는 동안 온갖 감정이 행자 할머니를 휘감았다.

'아니지. 가족이 젤 중요하지. 그래도⋯⋯.'

효영이는 똑 부러지는 아이였다. 어린이집과 유치원을 거치는 동안 말썽 한 번 부리지 않아 보물이라고 불리기도 했다. 유치원을 다닐 때는 늘 하교 후 행자 할머니네에서 간식을 먹고 시간을 보내고 있으면 며느리가 와서 데리고 갔다.

맞벌이하는 며느리는 그때마다 고맙다는 인사를 잊지 않았다. 싹싹하진 않아도, 말수가 적긴 해도 맡은 바를 책임감 있게 한다고 생각했고 예의도 깍듯하게 지켜서 행자 할머니가 예뻐할 수밖에 없었다. 하지만 그런 생각이 들 때마다 쇼핑백으로 눈길이 가는 건 어쩔 수 없었다. 왠지 불길한 예감이 가시질 않았다. 오늘 한 번이 두 번이 되고 두 번은 세 번이 되고 학교를 그만두었을 때처럼 다시는 가지 못하게 될 것만 같았다.

'그럼 안 되는데…….'

그사이 마을버스는 아들네 집에 도착했다. 수영장에 갔다 온 효영의 머리카락이 젖어 있었다.

"어이구 우리 공주님. 이렇게 있으면 감기 들어요."

행자 할머니는 먼저 화장실 수납장에서 수건을 꺼내 머리를 닦아주었다. 꼼꼼하게 천천히.

"할머니 보고 싶었어요!"

효영이가 그 틈에 할머니의 품으로 파고들었다. 행자 할머니는 볼을 살짝 꼬집고는 젖은 머리를 마저 닦아주었다. 고사리 같은 손을 잡고 화장실로 들어가 헤어드라이어로 긴 머리를 말리자 머리카락이 마구잡이로 날리기 시작했다. 효영이는 까치발을 하고 그 모습을 거울로 보며 뭐가 그렇게 재미있는지 웃음을 터뜨렸다. 할머니는 손녀딸의 천진난만함이 너무나 사랑스러워 한 번 더 볼을 꼬집었다.

"배고프지? 얼른 할미가 밥 차려줄게."

챙기 할머니는 현간 잎에 놓아둔 쇼핑백을 끌어와 하나씩 꺼낸 뒤 그릇에 담기 시작했다. 뽀얀 국물을 국그릇에 담고 파를 송송 썰어 얹은 뒤 소금을 한 꼬집 넣어 휘휘 저었다. 수육과 김치는 아이가 한입에 먹을 수 있도록 더 잘게 잘랐다. 밥을 퍼서 양쪽에 놓은 뒤 아이를 불렀다. 효영이는 까르르 웃으며 단숨에 달려왔다.

"잘 먹겠습니다."

그 나이에 반찬 투정도 하지 않는 게 신기할 정도로 손녀는 입맛이 까다롭지 않았다. 행자 할머니는 아이가 밥을 잘 먹는지 지켜보며 미소를 지으려고 애썼다. 학교에 가져가야 할 도시락이 손녀의 입으로 들어가는 건 전혀 아깝지 않았지만, 자꾸만 학급 친구들이 떠올랐다. 그 와중에, 이번에는 꼭 졸업해야 한다는 생각이 치밀어 올랐다. 행자 할머니는 손으로 허벅지를 세차게 꼬집었지만, 학교와 친구들과 졸업이라는 단어가 머릿속에서 떠날 생각을 하지 않았다.

"할머니 어디 아파요?"

효영이가 행자 할머니의 얼굴을 빤히 쳐다보며 물었다.

"왜? 아닌데?"

"할머니 우는 것 같아요. 입만 웃어요. 눈은 울어요."

"아니야. 괜찮아. 할머니 기분 좋아."

"할머니 슬프면 효영이도 슬퍼요. 울지 마요."

그러면서 효영이가 먼저 울음을 왕 하고 터뜨렸다. 행자 할머니는 당황해서 얼른 손녀에게 다가가 등을 쓰다듬으며 달랬다. 먹은 것이 얹히는 기분이었다. 그리고 아이가 유튜브를 보며 간식까지 다 먹을 때까지 거실에 앉아 있었다.

"엄마! 고마워! 나 살았네. 일이 너무 안 끝나서⋯⋯. 고마워요."

아들은 피곤에 전 얼굴을 하고 들어오자마자 옷을 허물처럼 벗어젖혔다. 행자 할머니는 그걸 주섬주섬 주워 세탁기에 넣고는 아들에게 간다는 말도 없이 그대로 빈 쇼핑백을 들고 집을 나섰다. 돌아오는 길, 마을버스 차창에 머리를 기대고 생각했다.

'수업도 다 끝났겠네⋯⋯.'

그렇게 행자 할머니는 첫 결석을 했다.

"형님! 왜 어제 안 왔어? 우리 엄청 기다렸잖아요."

행자 할머니가 교실에 들어서자 석순자가 기다렸다는 듯이 일어서 쩌렁쩌렁한 소리로 물었다.

"아들네에 일이 있어서."

"형님 빈자리가 너무 커서 큰일 날 뻔했어요. 얼른 와서 앉으세요오."

"아니야. 형님은 이제부터 내 옆자리에 앉을 거야. 내가 딱 모셔야지."

순자가 행자 할머니의 가방을 낚아채 자기 옆자리에 두며 말했다.

"오바하지 마. 왜 이리 야단법석이야."

오늘도 선녀는 그냥 지나치지 않고 한마디 했다.

"으이구 여편네는 그냥 입 닫고 계셔."

순자도 지지 않고 대거리했다. 그사이 행자 할머니는 옆에 앉아 필기구를 꺼냈다.

"형님, 제가 제대로 모실게요!"

순자가 너무 티 나게 굴자 행자 할머니는 손가락을 입에 가져다 대며 조용히 하라는 시늉을 했다. 그리고 소리 안 나게 입 모양으로 한마디 덧붙였다.

'비. 밀. 로. 하. 기. 로.'

"네네. 그쵸. 근데 제가 너무 사랑해서요. 흐흐흐."

순자는 웃음을 흘리며 넉살 좋게 받아쳤다. 그 모습을 가만히 지켜보던 선녀는 손가락으로 돌았다는 제스처를 해 보였고 그걸 본 순자는 반사라는 뜻의 손짓을 했다.

"형님, 다음번에는 안 빠질 거죠? 약속해요!"

순자가 행자 할머니의 새끼손가락에 자기 새끼손가락을 걸며 강제로 약속하라는 시늉을 했다. 행자 할머니는 마지못해 약속하고 도장까지 찍기는 했지만, 영 자신이 없었다.

이틀 뒤, 행자 할머니는 거창하게 도시락을 싸는 대신 단출하게 비빔밥을 준비했다. 각종 채소를 다듬어 반찬 통에 넣고 고추장을 한 숟가락 떠서 옆에 담았다. 숟가락과 젓가락까지 옆에 꽂아주고 집을 나서려는데 전화벨이 울렸다. 행자 할머니는 흠칫하며 망설였다. 하지만 벨 소리는 끊어질 줄 모르고 미친 듯이 울려댔다. 전화를 받자 다급한 아들의 목소리가 들려왔다.

"엄마……. 혜인이가 오늘도 늦게 끝날 거 같대. 나도 묶인 몸이라 어떻게 못 해요. 오늘 하루만 더 효영이 좀 부탁해."

"야……."

"엄마 미안해요. 진짜 부탁할 데가 없어서 그래. 다른 사람한테 맡기면 맡겨도 불안하다고. 응?"

"……."

"나 그럼 엄마가 효영이 픽업하러 가는 걸로 알고 있을게. 응?"

"……."

"아이, 엄마. 그런 걸로 알고나 그냥 끊으니. 나 이제 전화 못 받아요."

그 말을 마지막으로 전화가 끊겼다.

'짊어질 것만 있고 누릴 수 있는 건 없구나.'

하지만 이렇게 연속으로 빠지면 가뜩이나 어려운 영어 수업을 따라갈 수가 없었다. 어쩔 수 없이 행자 할머니는 손바닥만 한 영어 단어장을 손에 쥐고는 집을 나서 아들네로 향했다.

"할머니이!"

효영이가 수영교실 차량에서 내리자마자 행자 할머니를 발견하고는 달려와 품에 안겼다. 행자 할머니는 아이의 머리를 쓰다듬으며 미안하다고 작은 소리로 되뇌었다. 이렇게 예쁜 아이를 위해서 기꺼이 포기할 줄도 알아야 하는데, 하는 생각이 들어서였다. 아이는 그 마음을 아는지 모르는지 싱글벙글 웃고 있었다. 한 손으로는 아이의 손을 잡고 다른 한 손에는 영어 단어장을 들고 언덕길을 오르기 시작했다. 오늘따라 거리에는 아무도 없었다. 집으로 향하는 길은 이 고개 하나만 넘으면 되었다.

'이거 하나만 보자.'

행자 할머니는 아이가 잘 걷고 있는지를 확인하면서 단어장을 하나씩 넘겼다. 영어 단어 밑에 자신이 손수 적어놓은 한글 발음을 보며 입 모양을 만들어 읽었다.

'버내나.'

'비이.'

'피쉬.'

그때마다 채란의 수업 때 보았던 영상의 리듬이 떠올랐다. 교실에 울려 퍼지던 목소리와 쩌렁쩌렁한 드럼 소리도 생생했다. 행자 할머니 자신도 모르게 몸이 들썩거렸다. 그리고 어느 순간 의식하지 못하는 사이 아이의 손을 놓쳤다.

'샌드.'

'퀴즈.'

'악스.'

행자 할머니의 어깨는 머릿속에 울려 퍼지는 리듬에 맞춰 제멋대로 춤을 췄다. 그리고 그 순간 어디선가 들려오는 비명에 퍼뜩 현실로 돌아왔다.

"악! 허어어어엉. 허어어엉. 할머니이⋯⋯!"

행자 할머니가 놀라 옆을 쳐다봤지만 효영이가 보이지 않았다. 그제야 자신이 아이의 손을 놓쳤다는 사실을 깨닫고 뒤를 돌아보았다. 아이가 바닥에 넘어져 울고 있었다. 그 뒤로 헤드라이드를 낀 키키색 깅차 한 대가 보냈다. 열린 분틈으로 몸을 반 정도 내민 아가씨의 얼굴이 사색이 되어 있었다.

"저, 할머니 제가 그런 거 아니에요. 차랑은 안 부딪혔어요. 그냥 클랙슨을 울렸을 뿐인데 그거 듣고 놀란 건지 아이가 갑자기 풀썩하더라고요⋯⋯. 안 믿기시면 블랙박스 보여드릴게요."

효영은 고개를 쉬이 들지 못하고 여전히 쓰러진 채 울고 있었다. 행자 할머니는 가슴이 쿵 하고 내려앉는 듯했다. 서둘러 달려가 아이의 얼굴을 들어보니 살이 찢어져 피가 나고 있었다. 하필 이마에서 피가 흘러내리는 통에 얼굴은 금세 피투성이가 되었다. 화들짝 놀란 할머니는 자신의 카디건을 벗어 아이의 상처를 지혈한 다음 차를 향해 발걸음을 옮겼다. 앞뒤를 살펴보며 확인하는 그 뒤를 차주가 따라다니며 머리를 긁적였다. 차 뒷면에 왕초보라는 글자가 붙어 있었다. 효영과 차의 거리가 제법 되는 데다가 이미 SD카드까지 꽂고 장면을 돌려 눈앞에 가져다 대는 여자의 대응 앞에 결국 행자 할머니는 괜찮으니 가보라고 했다. 그러고는 서둘러 119를 불렀다. 그렇게 구급대원이 오기까지 아이를 품에 안고 미안하다는 말을 수없이 되뇌었다.

"어머님, 효영이는요?"

혼이 쏙 빠진 얼굴로 달려온 며느리가 아이를 찾았다. 행자 할머니는 미안한 마음에 고개를 푹 숙인 채로 설명했다.

"다섯 바늘 정도 꿰맸고 지금은 괜찮대."

"아이고오. 효영아!"

딸을 발견한 며느리는 여기저기를 살피며 아픈 데는 없냐고 묻기 시작했다. 행자 할머니는 그 사이 응급실을 빠져나와 바깥 의자에 앉아 찬 바람을 쐬었다. 머리가 지끈지끈 아파왔다.

"엄마! 여기서 뭐 해? 효영이는?"

그때 황급히 달려온 아들이 행자 할머니를 발견하고 물었다. 행자 할머니는 힘없이 손가락으로 응급실을 가리켰다. 그러자 아들이 응급실 쪽으로 향하며 씩씩댔다.

"그것도 제대로 못 봐줘?"

행자 할머니가 뭐라 대꾸할 틈도 없이 그는 서둘러 응급실로 들어갔다.

담판

행자 할머니는 두 손으로 머리를 감싸고 한참을 대기실 의자에 앉아 있었다. 들어가 봄 직도 했지만 용기가 나질 않았다. 아들의 성난 표정이 눈에서 가시지 않았다. 아이가 다쳐 피가 흘러내리는 모습이 아직도 생생한데, 뒤이어 며느리의 당황한 표정과 아들의 화난 얼굴까지 겹쳐서 행자 할머니는 누군가가 자신의 가슴을 막 후벼 파는 듯했다. 결국, 손으로 가슴 언저리를 꾹꾹 눌렀다.

"어머니……."

그때 응급실에서 며느리가 나와 행자 할머니에게 말을 걸었다. 효영이도 남편도 없이 혼자였다. 혹시나 해서 며느리의 뒤를 살펴봤으나 아무도 없었다.

"어머니…… 효영이는 괜찮은데 많이 놀라서 아무래도 오늘은 좀 진정한 다음에 퇴원해야 할 것 같아요. 아무리 빨라도 세 시간은 걸린다고 해요. 그러니까 먼저 들어가시는 게 어떨까 해서요. 저나 웅이는 자리를 지키는 게 날 것 같고요."

"……효영이 괜찮다고?"

"네. 많이 다친 건 아니니까 상처만 아물면 티는 별로 안 날 거예요. 만약 티가 나면 성형외과든 피부과든 데려가서 치료할 거고요. 그러니까 어머니, 너무 자책하지 마세요. 저희가 바쁘신데 부탁드린 거잖아요."

"그렇게 생각해주면 고맙지만…… 효영이한테 미안해서 어쩌니."

행자 할머니의 눈에 눈물이 고였다. 며느리는 더 가까이 다가오지 않았다. 행자 할머니가 그렁그렁한 눈으로 올려다보자 며느리가 고개를 살짝 돌리며 말했다.

"오늘 수고하셨어요. 이만 들어가 쉬세요."

그러고는 성큼성큼 걸어 응급실로 들어갔다. 행자 할머니는 멍하니 앉아 있다가 잠시 후 자리를 떴다. 병원 앞에서 택시를 잡으려다 말고 버스정류장으로 향했다. 시원한 바람을 쐬고 싶었다. 연비동행 버스가 곧 도착한다는데도 하나도 반갑지 않았다. 그저 가슴이 답답했고 정신이 멍했다. 행자 할머니는 두 손으로 무릎을 짚은 채 정류장 벤치에 오래오래 앉아 있었다.

"다쳤다며?"

"응……. 그렇게 됐어."

"아까 웅이가 전화했어. 노발대발하더라고. 그래서 내가 못난 새끼라고 한 소리 해줬어. 지 엄마한테 맡겨놓고는……. 애들이 그럴 수도 있지. 우리가 지 키울 때는 눈 한 번 잠깐 떼면 사고를 그렇게나 치고 다녔으면서……. 꿰맨거라며?"

"응."

"좀 자세히 이야기해봐."

"뭘 할 말이 있다고. 들어가 자요."

자꾸만 어깨를 툭툭 치며 불러 세우는 남편을 뒤로하고 행자 할머니는 자신의 방으로 들어가 문을 잠갔다. 옷을 벗어 옆에 걸어두고는 그대로 침대에 벌러덩 누웠다. 아직도 길가의 먼지와 응급실의 소독약 냄새가 몸에서 나는 것 같았다. 행자 할머니는 웃옷 하나를 더 훌렁 벗어 던졌다. 어느덧 얇은 티 하나에 헐렁한 왜바지 차림이 되었다. 날씨는 추웠으나 온몸에서 열이 나 견딜 수가 없었다. 결국 일어나 앉아 거친 숨을 토해냈다. 부엌으로 가 지난가을에 선물 받은 오미자 술병을 꺼냈다. 얼음을 잔에 담고 그 위에 달콤하지만 도수가 꽤 높은 진홍빛의 오미자 술을 따랐다. 안주도 없이 연거푸 마셨다. 행자 할머니는 그대로 한 병을 다 마시고는 식탁 위에 엎드려 울었다.

'학교 생각할 때가 아니란 말인가?'

자꾸만 눈물이 났고, 그렇게 울다 설핏 잠이 들었다.

"행자야! 행자야!"

"네? 선생님 왜요?"

운동장 뒤쪽 수돗가에서 걸레를 빠는데 선생님이 달려오며 불렀다. 무슨 사정인가 싶어 고개를 갸웃거렸다.

"행자야……. 선생님이 너 많이 찾았어. 애들이 다 어디 갔는지 모른다고 하길래."

"아, 제가 오늘 주번이어서요. 왜 그러세요?"

"저기…… 육성회비 아직 안 냈던데 혹시 오늘까지 낼 수 있을까? 어머니한테 연락해서 가져오라고 할 순 없겠지?"

"네? 어머니 떡방앗간 하셔서 시간 없으실 건데……."

그 말을 하며 차마 돈도 없을 거라는 말은 덧붙이지 못했다. 행자는 당황해 어쩔 줄 몰라 물을 틀어놓은 채로 물기도 털지 못한 두 손을 어정쩡하게 들고 선생님의 반응을 기다렸다. 난처한 건 선생님도 마찬가지였다. 회의에 불려 가 육성회비 미납 건으로 이미 독촉을 받은 상태였다. 유난히 성 선생님 반에만 미납이 많다며 ~~깅리끼니는~~ 일까지 들은 터였다. 선생님은 다시 한번 다그칠 수밖에 없었다.

"행자야, 이거 못 내면 학교 다니기 힘들어……. 다른 친구들도 냈으니까 너도 꼭 내. 오늘까지가 힘들면……."

거기까지 듣고 행자는 그대로 학교 밖으로 뛰쳐나갔다. 눈이 동그래진 선생님을 뒤로하고 사라진 행자는 그날 이후로 학교에 가지 않았다. 시장통의 어머니 떡방앗간에 일을 도우러 나섰다. 우연히 친구들을 마주치는 날이면 행자는 앞에서는 아무렇지 않은 척 인사하고 뒤돌아 몰래 눈물을 훔쳤다. 어느덧 국민학교를 졸업하고 중학교 교복을 깔끔하게 맞춰 입고 갈래머리를 한 채 등교하는 친구들과는 달리 행자는 늘어진 티셔츠에 복대를 차고 시장통에서 억척스럽게 일을 했다. 그게 한으로 남았다.

자꾸만 멀어지는 어릴 적 기억을 붙잡으려고 허우적거리다 잠에서 깨었다. 꽤 오래 엎드린 자세로 잠들어 있었는지 팔은 무지근하고 허리는 뻑적지근했다. 꿈속의 기억을 더듬는 행자 할머니의 얼굴 위로 다시 눈물이 흘렀다. 낮게 흐느끼는 소리가 부엌 가득 울려 퍼졌다.

"웅이야, 엄마야. 할 말이 있다. 너네 집에서 보자."
이튿날 아들은 엄마로부터 간결한 메시지를 받았다. 일이 많아 늦을 거라고 답을 하려다가 무슨 할 말이 있다는 건지 궁금해지기 시작했다. 그것도 그렇지만 어제 엄마를 그렇게 보낸 것이 마음에 걸렸다. 효영이는 붕대까지 할 필요는 없어 거즈에 반창고만 붙이고 퇴원했다. 당분간 목욕이나 머리 감기만 조심하면 된다는 설명을 들었다. 그 설명을 듣는데 문득 생각나서 자기 손가락의 흉터를 바라보았다. 집게손가락 손톱 밑의 가늘고 긴 흉터는 그가 믹서기에 손을 집어넣었다가 생긴 것이었다. 형이 가지고 놀던 믹서기가 신기해 손을 한번 넣어본 것이 큰 사고로 이어졌다. 살덩이가 떨어져 너덜너덜한 것을 혼비백산한 와중에도 엄마가 겨우 수습해 큰 병원으로 데리고 갔고 다행히 봉합수술이 잘 끝났다. 덕분에 웅이는 비교적 온전한 검지를 가질 수 있었다. 효영이의 일도 엄마의 잘못이 아니란 걸 알면서도 감정적으로 대처한 자신이 부끄러웠다. 웅이는 결국 일찍 일을 마무리한 뒤 집으로 향하며 아내에게 전화를 걸었다.

"어머니 오신다니까 그렇게 알고 있어. 무슨 하실 말씀 있으신가 봐. 자기는 그냥 일 보던 거 봐. 효영이는 방에 들어가 있으라고 하지 뭐."

해자 할머니는 기린 소파 위에 방식 하나를 붙잡고 앉아 있었다. 현관문을 열고 아들이 들어서자 담담한 목소리로 말했다.

"왔어?"

아들은 어머니의 안색부터 살폈다. 역시나 좋지 않았다. 원래 주름이 많고 까무잡잡한 편이었지만 지금은 거의 새까맣게 변해 있었다. 웅이는 이런 얼굴을 몇 번 본 적 있는데 그중 하나는 자신이 취업이 되지 않아 속을 썩이며 2년가량을 히키코모리로 지낼 때였다.

'엄마 많이 힘드시구나…….'

겉옷을 벗어 식탁 의자에 걸친 다음 엄마가 앉아 있는 소파로 다가갔다. 그런데 사이드 테이블 위에 소주와 과일 안주가 차려져 있었다. 의아해하는 아들에게 엄마가 말했다.

"너랑 한잔하고 싶어서."

아들은 당황했지만 굳이 내색하지는 않았다. 맞은편 바닥에 앉아 엄마 잔에 먼저 술을 따라드렸다. 평소에 술이라곤 입에도 대지 않는 엄마였다. 뭔가 안 좋은 예감이 들어 엄마의 표정을 살폈으나 아무런 감정도 읽히지 않았다.

"맘 많이 상했지?"

행자 할머니가 말했다. 아들은 뭐라고 대답해야 할지 몰라 머뭇거리다 자신의 잔에 소주를 따르며 아니라고 대답했다.

"효영이 얘기는 들었어. 엄마가 미안하다."

"아니에요. 엄마 어제는 내가⋯⋯."

행자 할머니가 손을 들어 아들의 말을 막았다.

"오늘은 엄마가 얘기 좀 하고 갈게."

"⋯⋯."

평소와 다른 엄마의 모습에 아들은 입을 다물었다. 당황스러움을 넘어 무서운 생각까지 들었다.

"있잖아, 웅이야. 엄마한테는 너도 효영이도 너무나도 사랑스러운 내 새끼야. 그건 오해 없길 바란다. 눈에 넣어도 안 아프다는 말은 거짓이 아니야. 너도 아마 서운했을 거다. 자식이나 손녀보다 더 중요한 게 뭐가 있나 하는 생각이 들었을 테니까 말이야. 물론 내 마음의 순위는 바뀜이 없어. 항상 너희가 최우선이야. 하지만 너의 엄마이자 효영이의 할머니이기 전에 나라는 사람으로 살았던 때가 있었고 그때, 마치지 못한 숙제 같은 게 있어. 지금까지 살아오면서 니 아부지랑 같이 어떻게든 너네 먹여 살리려고 오랫동안 그냥 둔 숙제인데 그걸 이제는 해야 할 것 같아. 엄마도 벌써 칠순이잖아. 더 늦으면 살아생전에 못 할 거야. 그래서 말인데, 엄마는 학교 졸업할 때까지 효영이를 봐줄 수 없을 것 같아. 그 문제는 너랑 혜인이가 신외해서 도우미를 늘이는지 아니면 학원을 더 보내든지 했으면 한다. 내 말이 다소 야박하게 들릴 수 있겠지만 정말 진심으로 하는 이야기야. 우리 아들이 내 말을 오해하지 않을 거라고 믿는다. 물론 무슨 일이 생기면 엄마는 다 팽개치고 너네한테 올 거야. 평생 그렇게 살았으니까. 그러니까 이번만큼은 너희끼리 해결했으면 해. 엄마한테 전화해도 와줄 수가 없어. 미안하다, 아들아. 네가 원한 답은 이게 아니었을 텐데⋯⋯."

말을 마친 행자 할머니는 소주를 한입에 털어 넣고는 바로 일어섰다.

"엄마 벌써 가게? 좀 더 있다가⋯⋯."

"아냐, 가야지. 며느리 오면 편하게 있어야지. 시어머니가 이렇게 오래 있으면 안 돼."

"아니야. 혜인이는 그렇게 생각 안 해⋯⋯."

"암튼 나는 할 말 했고, 갈게. 효영이 다친 거는 잘 치료해주고. 미안하다."

마지막으로 그 말을 남기고 행자 할머니는 아들네를 빠져 나왔다. 택시를 타면 집까지 10분 거리이지만 긴 언덕길을 걸어 내려갔다. 찬 바람을 맞으며. 아니, 찬 바람을 맞기 위해.

두 대의 휴대폰

다음 날, 행자 할머니는 명치께를 두드리며 잠자리에서 일어났다. 밤새 신물이 넘어와 가슴께가 아프고 불편했다. 속을 끓일 때마다 도지는 증상이었다. 손바닥으로 명치께를 문지르며 아침상을 차리기 위해 부엌으로 들어선 순간 전화벨이 시끄럽게 울려 퍼지기 시작했다.

'급하면 또 전화하든지 아님 문자 남기겠지 뭐.'

행자 할머니는 배고플 남편을 위해 서둘러 식사를 준비하기 시작했다. 소고기뭇국을 데우고 쌀을 불리지도 못한 채 씻기만 하고 부랴부랴 밥솥에 안쳤다. 그때 끊겼던 전화벨이 다시 울렸다. 손을 씻지도 못한 채 휴대전화를 둔 방으로 들어섰다. 액정 화면을 확인하니 반가우면서도 불편한 존재로부터의 호출임을 알 수 있었다.

'아버지.'

"어휴……."

행자 할머니는 통화 버튼을 누르며 방문을 닫았다.

"왜 이렇게 전화를 안 받아?"

대뜸 호통이 날아들었다. 성격이 급한 아버지는 재깍 답을 하지 않으면 화부터 냈다. 게다가 강박적인 기질도 없진 않아서 원하는 이야기를 들을 때까지 채근했다. 누구보다 사랑하는 아버지이지만 그런 성미 앞에서는 늘 속이 부글부글 끓어오르는 행자 할머니였다.

"아버지, 상 차리는 중이었어요. 김 서방 배고플 것 같아서요……."

얼른 남편 핑계를 대었다. 남존여비 사상이 최고조에 이를 무렵에 태어나 외아들로 온갖 사랑과 관심을 다 받고 자란 아버지에게 딱 맞는 이유였다.

"여태 밥 안 차리고 뭐 했냐? 응?"

이 물음에는 딱히 대답할 말이 없었다. 아니, 설명하자면 너무 길었다. 행자 할머니는 냉큼 본론으로 들어갔다.

"무슨 일 있으세요?"

"무슨 일 있으니까 전화를 한 게 아니겠냐? 응?"

"그러니까 무슨 일인데요. 알아야 도와드리지."

"저 휴대폰 대리점 놈들이 나한테 사기를 쳤어야. 순 사기꾼 놈들이야. 당장 가서 돈 받아 오고 휴대폰도 해지해. 알았어?"

"무슨 말이에요, 아버지? 휴대폰 대리점이 사기를 쳤다니. 알아듣게 얘기를 자세히 해주셔야죠."

황당한 이야기에 행자 할머니가 다시 물었다. 그러자 한층 더 커지고 성이 난 목소리가 휴대전화를 뚫고 방 안에 울렸다.

"아니 이놈들이 내가 늙었다고 무시를 해! 내가 돈이 너무 많이 나와서 확인해보니까 휴대폰이 두 개래. 내가 왜 두 개나 필요하겠냐? 네가 가서 뒤집어놓고 와. 알았냐? 예끼, 나쁜 놈들. 천벌 받을 놈들이야. 노인 가지고 장난치는 드런 버릇은 어디서 배웠는지…….."

그러고는 전화를 바로 끊어버렸다. 행자 할머니는 여전히 자초지종을 모두 알 수는 없었지만 대강 무슨 이야기인 줄은 알 것 같았다.

'그러니까 휴대폰 요금이 너무 많이 나와서 전화를 해보니까 아버지 이름으로 개통된 게 두 개라 이거지? 뭐지?'

행자 할머니는 자신이 파악한 사실이 맞는지 또 아버지가 자기 편할 대로 이야기한 건 아닌지 확신할 수가 없어 잠시 고개를 갸웃했다. 그보다도 빨리 처리하지 않으면 화를 낼 아버지의 모습이 눈에 선했다. 그렇다고 지금 당장 대리점으로 쳐들어갈 수는 없었다.

"여보!"

서재에서 실내 자전거를 타고 있을 게 뻔한 남편을 불렀다.

"어. 밥 다 된 거야?"

"아니. 그게 아니라, 아버지가 일 좀 처리해달라고 하셔서 나가봐야 할 것 같아. 밥 좀 챙겨 먹고 있어요. 밥은 밥솥에 안쳐놨으니까 30분 정도 걸릴 거야."

행자 할머니는 입은 옷 그대로 아버지가 사는 성수동을 향해 길을 나섰다.

"아버지. 신분증 좀 줘보세요. 내가 일단 등본은 떼 왔거든요?"

"저기 안방에 있으니까 가져가. 얼른 해결해. 내가 열불이 나서. 나, 이거 참."

행자 할머니가 도착해 보니 아버지는 언짢은 표정으로 양반다리를 하고서는 신문을 읽고 있었다. 방 한쪽에는 쌓아놓은 신문이 누렇게 바랜 채로 기울어져 곧 쓰러질 것만 같은 모양을 하고 있었다. 행자 할머니는 그걸 보고 고개를 절레절레 저었다. 날이 갈수록 쓸데없는 물건을 쌓아놓는 아버지이지만 그걸 지적했다가는 불호령이 떨어질 게 뻔해 아무 말도 할 수 없었다. 그사이 아버지는 얼음을 담은 잔에 양주를 꺼내 부어서 마시고 있었다. 행자 할머니는 자기에 있지도 못한 채 신분증과 혹시 몰라 도장까지 챙긴 뒤 아버지가 알려준 대리점을 향해 다시 발길을 돌렸다.

"어서 오세요! 아이고 어르신! 오셨어요? 핸드폰 하시게?"

행자 할머니가 대리점으로 들어서기도 전에 직원이 한껏 높은 톤으로 인사를 했다. 그러고는 가게 입구까지 달려 나와 부축하려는 걸 행자 할머니가 괜찮다며 사양했다. 직원은 할머니 대신 출입문을 붙잡고 섰다. 행자 할머니는 그런 직원을 잠시 쳐다보다가 안으로 들어섰고, 중앙의 테이블에 자리를 잡고 앉았다.

"어르신, 어떤 휴대폰 생각하고 오셨어요? 여기 이 모델은 어르신들이 쓰기에도 참 잘 나왔다니까. 게다가 오늘 특가여서 할인 혜택도 많이 받아 가실 수 있고요. 제가 또 〈미스터트롯〉 노래 잔뜩 넣어드릴게요. 누구 좋아하셔? 임영웅? 그치?"

"아뇨. 핸드폰 만들러 온 거 아니고 저기, 우리 아버지가 여기서 개통하셨는데 문제가 있는 것 같아서요."

행자 할머니가 신분증과 등본을 꺼내 테이블 위에 탁 소리가 나게 올려놓았다. 눈으로 신분증과 등본을 훑는 직원의 얼굴에서 웃음기가 걷혔다. 직원이 테이블 맞은편에 앉으며 물었다.

"무슨 문제가 있다는 말씀이세요?"

"문제가 아니라 심각한 사건이죠."

"심각한 사건이요?"

"아니 늙은이 데리고 장난치는 것도 아니고. 이게 뭐예요 지금?"

행자 할머니는 단호한 말투로 말끝을 올리면서 자신의 불편한 심기를 표현하되 너무 무례하지는 않게 어투를 조절하며 말했다.

"지금 무슨 말씀이세요?"

"우리 아버지가 석 달 전에 여기서 휴대폰을 만들었는데 요금이 너무 많이 나와서 확인해보니까 아버지 명의로 있지도 않은 휴대폰을 한 대 더 개통해서 요금이 빠져나가게 했다네요, 글쎄."

"네? 그럴 리가요."

"한번 확인해보세요. 누가 그랬는지."

"성함이 어떻게 되시죠?"

"김영준."

"엇쥬 뉘이요?"

직원이 매대 안쪽 책상으로 가서 전산자료를 조회하더니 이내 당혹스러운 표정으로 변했다.

"저 어르신. 휴대폰 두 대로 개통이 된 게 맞는데요. 아버님께서 개통한 게 아니면 저희가 이렇게 할 리가 없어요. 한 번 더 확인해보세요. 요즘 어르신들이…… 기억이 오락가락하는 경우도 많아서요."

다시 테이블로 건너오며 직원이 말했다. 감히 아버지를 두고 기억이 오락가락 운운하는 직원이 괘씸했지만 행자 할머니는 평정심을 잃지 않고 또박또박 침착하게 말했다.

"저기요. 우리 아버지 나이가 아흔이 다 돼가지만 기억에 아무 문제 없고요. 게다가 휴대폰 두 대가 필요할 일이 전혀 없어요. 물론 실제로도 휴대폰은 한 대만 갖고 계시고요. 그쪽 말대로 우리 아버지가 두 대를 개통했다면 그럼 휴대폰 하나는 어디에 있나요? 그리고 상식적으로 생각을 해보세요. 설사 정신이 오락가락해서 휴대폰 두 대를 개통해달라고 했다 쳐요. 아흔 다 된 노인네가 휴대폰 두 대 쓸 일이 뭐가 있다고 그걸 덜컥 개통해줘요? 이상하다고 생각하는 게 상식 아닌가요?"

지지 않고 맞받아치는 행자 할머니의 말에 직원은 아무런 대꾸도 하지 못했다. 그저 손가락으로 테이블 위에 깔린 유리만 톡톡 소리가 나도록 두들겼다. 기회를 놓치지 않고 행자 할머니가 쐐기를 박았다.

"누가 그랬냐고는 안 물어볼게요. 거기까지 하면 그쪽이 더 곤란해지지 않겠어요? 내가 원하는 건 그동안 냈던 요금 다 돌려주는 거랑 지금 당장 여기서 해지해주는 거예요."

"저…… 어르신. 이거 담당한 직원이 퇴사해서 제가 전화로 확인을 해봐야 하는데…… 내일 다시 오시면 안 될까요? 제가 확실히 확인하고 정리를 하든지 할게요."

"안 되지. 그렇게는 못 하지."

행자 할머니의 눈앞으로 참을성이 몹시 부족하고 강박증까지 있는 아버지의 얼굴이 스쳐 지나갔다. 문제를 해결하지 못한 채로 내일까지 가져간다? 절대로 있어서는 안 될 일이었다. 직원이 다른 말을 못 하도록 좀 더 세게 나가기로 했다.

"아니 어디서 늙은이를 상대로 사기를 치고서는 인제 와서 나 몰라라 해요? 솔직한 말로 그 사람을 데리고 와서 사과라도 시키든지 아니면 여기 사장님이 대신 사과를 하는 게 맞는 거 아니에요? 우리 아버지가 자식이 없는 노인이었으면 그냥 넘어갔을 거 아니에요? 이 사람들 순 사기꾼이네."

그러자 직원이 사색이 되어 연신 죄송하다고 말했다.

"사과는 이제 됐고, 요금이랑 헤지나 빨리 재리해줘요. 그 직원한테 전화를 하든 말든 나랑은 상관없는 일이고. 어쨌든 나 오래 못 기다려요."

직원이 담배 한 개비를 뽑아 들더니 휴대전화를 챙겨 뒷문으로 나갔다. 그제야 행자 할머니가 마음 놓고 크게 숨을 내쉬었다. 그때 또 아버지로부터 전화가 걸려왔다.

"했어? 해결했어?"

"지금 하는 중이에요. 아버지 휴대폰 개통한 사람이 그만두고 없다네요."

"빨리 안 하고 뭐 해? 빨리 하라고! 당장 지금 해결해!"

"지금 하는 중이라고요. 아버지 담당했던 사람이랑도 통화를 해봐야 하고…… 이게 금방 처리되는 게 아니에요. 시간이 걸리는 일이지."

"무슨 놈의 일을 그렇게 꾸물대면서 해? 응? 으이고 내가 너한테 맡긴 게 잘못이지. 그냥 둘째한테 해달라고 하는 건데……"

그 말이 행자 할머니를 자극했다. 아들한테 부탁할걸 그랬다는 뜻이었으니까.

"아니 아버지. 말은 바로 해야지. 내가 지금 누구 때문에 싸우고 있는데? 어떻게 그렇게 말할 수가 있어요? 네? 아침부터 주민센터로, 아버지 집으로, 또 여기 대리점으로 뛰어다니느라 죽을 지경인데 인제 와서 둘째한테 맡긴다고요? 이제 와서? 진작 그러시지 그랬어?"

격앙된 행자 할머니가 거칠게 내뱉자 아버지가 살짝 꼬리를 내렸다.

"아니, 둘째는 일하느라 바쁘니까 노는 너한테 연락한 거지. 뭐 안 바쁘면 둘째한테 전화하지 내가 왜 너한테 연락하겠냐? 못 하겠으면 관둬라."

"아버지, 저도 요즘 공부하느라 바쁘고요. 어쨌든 거의 다 끝나가니까 기다리세요. 재주는 곰이 넘고 돈은 여우가 챙기는 꼴 보고 싶지 않으니까."

"니가 무슨 공부를 해? 시장 바닥에서 야채나 나르던 놈이."

"나 학교 다녀요. 몰랐어요? 모르셔도 상관없어요. 내가 누구 때문에 막내까지 업어 키우느라고 시장통에서 일했는데 이래요? 시작해봐요? 내가 학교 다니고 싶달 때는 돈 한

푼 안 주고 아들은 당신이 굶어서라도 보내야 한다고 했죠? 기억 안 나세요?"

"왜 이렇게 말이 많아. 끊는다. 해결하고 연락해라."

정말로 전화가 뚝 하고 끊겼다. 행자 할머니는 일방적으로 끊어진 전화에 화가 치밀었다. 휴대전화를 노려보며 씩씩거렸지만 아버지에게 다시 전화를 걸지는 않았다. 그 사이 밖으로 나갔던 직원이 돌아왔다.

"많이 기다리셨죠, 어르신……. 그 친구 연락이 아예 안 되네요. 번호를 바꾼 것 같아요."

"그럼 어떡해요?"

"이렇게 하면 어떨까요? 저희 쪽 책임도 있고 하니 어르신이 원하는 대로 다 처리해드릴게요. 추가 개설된 휴대폰 요금 다 환불해드리고, 지금 쓰고 계시는 휴대폰 요금도 납부하신 것까지 저희가 돌려드리겠습니다. 사죄의 의미로요."

"그럴 필요까지는 없고 안 쓴 요금만 환불해주고 해지만 해줘요. 우리가 쓴 건 우리가 요금 내야지. 그리고 다시는 어르신들한테 이런 장난치지 말고요."

"네. 그럼요. 주의하겠습니다."

행자 할머니는 대리점을 나서자마자 아버지에게 전화를 걸었다.

"다 해결됐어요. 돌려받은 요금은 며칠 뒤에 가서 드릴게
요. 저 이제 학교 가야 해요. 끊어요."

돌아온 탕아

"자, 이제 어느 정도 파닉스는 아시겠죠? 그럼 우리 몇 개 테스트해볼까요?"

채란이 빔을 끄고 칠판에 복잡해 보이는 단어 다섯 개를 썼다. 그런 뒤 상품도 함께 걸었다.

"이거 맞히시면 막걸리 6종 세트 갑니다아!"

"저요!"

"선생님, 저 그거 해볼라요!"

여기저기서 손을 들었고 채란은 제일 먼저 든 석순자를 지목했다.

rhinoceros

caramel

cheese

석순자는 단어들을 한참 뚫어지게 째려보다가 자음과 모음으로 나눠 빗금을 친 뒤 발음을 정리하기 시작했다.

r/hi/no/ce/ros 르하이노세로스

ca/ra/mel 캐러멜

ch/ee/se 치이스

그러고는 의기양양한 눈빛으로 채란을 바라보았다. 선생님은 방긋 웃은 뒤 자리로 들어가라는 손짓을 했다.

"어르신, 정말 잘하셨어요. 진짜 거의 다 왔어요. 게다가 자음과 모음 구별하신 거 보세요. 이렇게만 하면 못 읽을 단어 없겠는데요? 근데 두 개가 틀렸습니다. 그래서 아쉽지만, 막걸리 6종 세트는 힘들 것 같고요. 바나나막걸리 한 통만 드리겠습니다."

석순자는 혀를 쏙 내 보이고는 기가 죽기는커녕 양손을 들고 만세를 한 뒤 자리로 들어갔다.

"자 그럼, 이제 다음으로 도전해보실 분?"

"저요!"

"이번에는 저죠!"

그때 허리를 곧추세우고 신나게 손을 흔드는 선녀가 채란의 눈에 들어왔다. 어째 만은 뒤처나는 거나 나름없는 그녀의 모습에 채란은 웃음을 감출 수가 없었다.

"하하하. 어르신 나와주세요!"

선녀는 엉덩이를 흔들며 앞으로 나가 잠시 생각하는 듯하더니 순자의 답을 고쳐 쓰기 시작했다.

r/h/ino/ce/ros 르흐이노세로스

ca/ra/mel 카라멜

"선생님 제가 맞혔죠? 내가 얼마나 열심히 했는데에!"

선녀는 이미 답을 맞히기라도 한 듯 양손을 내밀며 막걸리를 달라는 시늉을 했다. 그 모습을 본 채란은 잠시 뜸을 들이다가 막걸리를 손에 올려놓는 척하더니 도로 거둬들이며 땡하고 말했다.

"아닙니다. 캐러멜은 원래가 정답인데 오답으로 고치셨어요."

"아니, 어떤 게 오답인지 말씀 안 해주셨잖아요."

부아가 치미는지 선녀는 볼에 바람을 빵빵하게 넣으며 양 손을 허리에 얹은 채로 뾰로통한 표정을 지었다.

"어르신, 그래도 어쩔 수 없답니다. 대신 밤막걸리 한 통 드릴게요. 수고하셨습니다."

선녀의 품에 공주 밤막걸리를 안긴 뒤 채란은 배꼽 인사를 했고 이에 선녀는 더 불평하지 않고 자리로 들어갔다.

"마지막으로 한 번 더 기회를 드릴게요. 이번에도 없으면 막걸리는 날아갑니다."

그때 행자 할머니가 손을 높이 들었다. 채란은 바로 그녀 를 지목했고 앞으로 나와 칠판 앞에 선 행자 할머니는 일필 휘지로 답을 적어 내려가기 시작했다.

rhi/no/ce/ros 라이노세로스

ch/ee/se 치이:즈

"어르신, 혹시 왜 첫 번째 단어 발음을 그렇게 생각하셨는 지 여쭤봐도 될까요?"

"h는 묵음이에요. 바프의 h가 묵음인 것처럼요."

"우하하."

찰떡같은 비유에 학생들 사이에서 웃음이 터져 나왔다.

"정답! 어르신 진짜 대단하십니다. 맞아요. h는 묵음입니다. 소리가 안 나요. 보통 자음 바로 뒤에 나오는 h가 그런 편인데요. 매번 그런 건 아니에요. 그래서 주의하셔야 해요. 어떤 단어들은 법칙을 잘 따르는데요, 또 어떤 단어들은 법칙을 따르지 않고 제멋대로 소리가 나기도 합니다. 너무 잘 해주셨어요. 그럼, 행자 어르신께 나머지 막걸리 4종을 전부 드리도록 할게요!"

채란은 박수를 유도하며 남은 네 병을 상자에 담아 전달했다. 그런 뒤 둘은 잠시 멈춰 주고받는 포즈를 취했고 그걸 다른 학생들이 스마트폰을 꺼내 영상으로 담았다.

"진짜 형님 덕분에 이런 것도 맛보고. 암튼 대단해."

"그렇게 공부를 열심히 하니까 그런 거지. 난 솔직히 놀라지도 않았수."

"그러게요오. 형님이 깜지 하듯이 공부하니까 다 이런 결과가 있는 거잖아요오. 근데 이거 진짜 달달하니 좋다아. 이런 시험이라면 맨날 봐도 좋을 것 같은데요오."

"어이, 그런 소리 하지 마. 말이 씨가 된다고. 재수 없게."

장난으로 한 말에 선녀가 정색하며 면박을 주자 시옷은 눈을 가늘게 뜨고는 째려보았으나 별다른 대꾸는 하지 않았다. 그도 그럴 것이 처음으로 보는 중간고사가 2주 뒤로 다가왔기 때문이었다. 다들 시험은 아주 어릴 때 본 뒤로 경험한 적이 없어 잔뜩 긴장하고 있었다. 정작 선생님들은 미리 힌트를 주고 공부할 부분까지 알려줬지만 그럼에도 부담을 갖지 않는 어르신은 없었다. 덕분에 영어 수업이 없는 날에도 할머니들은 두 시간씩 일찍 나와 시험 준비를 했다. 이제 매일 얼굴을 맞대고 식사하고 공부를 함께 하고 수업을 듣는 통에 전우애만큼이나 진한 우정이 생겼다.

"어르신들, 지금 쉬는 시간에 약주 하시는 거예요?"

복도를 지나다 열린 문틈으로 교실에서 막걸리를 마시는 어르신들을 발견한 부장이 깜짝 놀라 물었다. 할머니들은 헤헤 웃으며 대답은 하지 않고 종이컵을 등 뒤로 감췄다.

"아니, 아까 수업 시간에 퀴즈 맞혀서 선물로 받은 거라 그냥 새 모이만큼만 따라서 혀만 축여봤어요."

"어르신들, 다음부터는 댁으로 가져가서 드세요. 아셨죠? 술을 드시고 수업 듣는 것도 조금 그렇고 다른 어르신들도 약주 생각날 테니까 쉬는 시간에는 드시지 말기로 해요. 약속!"

능수능란하게 어르신들을 다루는 부장이 새끼손가락을 내밀고는 허공에다 약속하는 시늉을 했다. 행자 할머니를 비롯해 석순자와 박선녀 그리고 박시옷은 알겠다고 역시 새끼손가락을 꺼내어 다짐해 보였다.

"그럼, 오늘 국어 수업 시작하겠습니다. 어르신들 다들 오셨나요?"

교단에 선 승지가 출석부를 펼치며 물었다. 그때 교실 앞문이 벌컥 열리고 누군가가 잽싸게 튀어 들어오더니 뒷자리로 가 앉았다. 어리둥절해하던 어르신들이 뒷자리의 주인공을 확인하고는 이내 인상을 썼다. 특히 순자와 선녀는 노골적으로 뒤쪽을 돌아보며 으르렁거렸다. 그대로 두었다가는 싸움이라도 한판 할 기세였다.

"어르신, 오랜만에 오셨네요?"

승지는 떨떠름한 표정을 얼른 수습하고는 출석부를 펴서 이름과 출석한 학생을 번갈아 확인했다.

"아니 뭐, 내가 못 올 데 왔나?"

한동안 샛별야학에서 볼 수 없었던 엄필숙이 모두 들으라는 듯 말했다. 필숙이 단어에 힘을 줄 때마다 몸이 흔들리며 형광등 불빛을 받은 스팽글이 반짝거렸다.

"아니 말은 똑바로 해야지. 못 올 데 왔냐니? 입이 뭐로 달린 거야? 폼으로만 달린 거야? 처먹는 데만 쓰는 건가?"

제일 먼저 반응한 건 선녀였다. 순자도 지지 않고 말을 얹었다.

"아니 못 배운 년들이랑 어떻게 수업을 들으려고 하서? 배운 년이?"

그 말에 필숙은 교재를 꺼내며 입을 삐죽댔다.

"그러게요오. 참 염치도 없네요오. 침 뱉은 물을 마시겠다는 건가아?"

시옷까지 나섰다.

"그만들 해."

중재에 나선 건 역시 행자 할머니였다. 승지는 행자 할머니를 향해 미소를 지어 보이고는 목소리를 가다듬은 뒤 말했다.

"어르신, 이왕 다시 오셨으니까 열심히 해주셔야 해요. 진도를 꽤 나갔는데 따라잡기 어려울 수도 있으니까 수업 끝나고 제가 혼자서 공부하실 부분 알려드릴게요. 시험도 얼마 안 남아서요."

"네에. 잘 알겠습니다."

기죽은 티 하나 없이 엄필숙은 경쾌하게 대답했다.

"저거 미친년 아니야? 뭘 믿고 왔대?"

"상판대기가 뻔뻔한 년인가 보지."

선녀와 순자는 수업이 끝나고도 분이 풀리지 않는 듯 씩씩댔다. 그사이 엄필숙은 가방을 챙겨 교실을 빠르게 빠져나갔다.

"무슨 꿍꿍이 있는 거 아닌지 몰라."

"에이 설마. 그런데 그렇다고 해도 어쩔 수 없지."

선녀가 필숙이 떠난 자리를 째려보며 말하자 행자 할머니는 가방을 주섬주섬 챙긴 뒤 막걸리가 든 상자까지 한쪽 팔에 끼고는 말했다. 하지만 그렇게 말한 본인도 뭔가 이상하다고 생각한 건 마찬가지였다. 다만 그 속내가 크게 궁금하지 않았을 뿐.

"어쩔 수 없죠오. 근데 못 배운 년한테 한번 호되게 져보면 창피해서 고개도 못 들겠지요오."

"그거네! 바로 그거!"

순자가 손뼉까지 치며 호응했다.

"이번 시험 아주 박살을 내놓으면 부끄러워서라도 못 다니지 않을까?"

"그러네. 우리가 아주 월등하게 잘 봐서 못 배운 년이라고 한 말 취소하게 만들면 되는 거네."

"그건 나도 찬성."

웬일로 행자 할머니까지 동의했다. 네 사람은 결의에 찬 눈빛을 주고받으며 교실을 빠져나갔다.

고민의 늪

"부장님 뭐 하세요?"

수업을 막 끝내고 나온 승지는 양팔에 얼굴을 묻고 엎드려 있는 교수부장을 발견했다. 불러도 대답 없는 게 이상해서 가까이 다가가 어깨를 흔들어보았다.

"부장님 괜찮으세요? 어디 아프신 건 아니죠?"

그러자 부장은 간신히 목소리를 쥐어짜 괜찮다고 대답했다. 하지만 승지가 보기에 전혀 괜찮아 보이지 않았다. 다른 선생이 들어왔는데도 계속 교무실에서 엎드려 있는 부장이라니, 생각할수록 이상했다. 수업 종이 울려 교재와 분필을 챙겨 자리에서 일어나면서도 승지는 부장에게서 눈을 떼지 못했다. 마침 교무실 앞에서 수학 선생과 마주쳤다. 승지가 물었다.

"부장님 무슨 일 있어요?"

"글쎄요……. 오늘 좀 저기압이신 것 같긴 한데……. 왜요? 어디 아프시대요?"

"아니요. 괜찮다고 하시니까 더 걱정돼서요."

"별일 아니겠죠. 신경 쓰지 말아요. 얼른 교실로 들어가요. 이번 시간에는 제가 수업 자료 만드느라 교무실에 있을 거니까 무슨 일 있음 알려줄게요."

"네."

승지는 서둘러 복도를 지나 담당 반으로 들어갔다.

"안녕하세요!"

"안녕하세요, 선생님."

승지는 교실로 들어서자마자 목에 스카프를 두른 어르신들을 보았다. 그 모습이 너무 귀여워 자신도 모르게 미소를 지었다. 날이 더욱 차가워지면서 어르신들은 하나둘 목에 스카프를 두르기 시작했는데, 각양각색의 화려한 스카프를 보노라면 자신도 하나 두르고 싶다는 생각마저 들었다. 승지는 얼른 잡념을 떨쳐버리고 학생들을 향해 물었다.

"시험 준비는 잘되어가세요?"

"행자 형님은 스터디카페인가 뭐시기 다닌데요."

"쉿! 그 말 하지 말랬잖아."

선녀가 손을 치켜들고 신나게 일러바치자 행자 할머니는 빨개진 얼굴로 뒤에서 등을 쿡 찌르며 말했다.

"우아 정말요? 어르신 진짜 멋있으세요! 우리 박수 한번 칠까요? 그런데 왜 말 못 하게 하세요. 이렇게 멋있는 건 알려야죠. 다 같이 알아야죠."

"일주일 갔어요. 일주일."

"그래도요! 공부는 잘되세요? 다른 어르신들도 다니는 분 계세요?"

"공부는 잘돼요. 어린 친구들이 많이 오더라고요."

"저희는 아직 못 가봤어요."

순자 역시 일러바치듯 큰 소리로 말했다. 뒤이어 형님이 한번 다 같이 데리고 가주면 좋을 텐데, 하고 중얼거렸다. 그 말을 용케 알아들은 행자 할머니가 그런 데는 몰려다니면 안 된다고 딱 잘라서 거절했다. 그러자 순자가 자기 삐진 걸 알아달라는 듯 흥, 하며 돌아앉았고 그 모습에 다른 할머니들이 웃음을 터뜨렸다.

"다들 많이 힘드시죠? 그런데요, 원래 시험을 치르고 나면

실력이 확 늘어요. 시험이 없으면 공부도 잘 안 되고 동기부
여도 잘 안 되거든요."

"그럼요. 대신 선생님이 주시는 상이 있어야죠. 그래야 더
열심히 하죠!"

선녀가 얄밉게 한마디를 보탰다. 순자도 그 의견이 마음에
드는지 선녀의 어깨를 톡톡 치며 잘했다고 속삭였다.

"한턱 쏴!"

"한턱 쏴!"

곧 어르신들의 합창으로 이어지자 승지는 잠시 당황해하
다가 이내 결심한 듯 입을 열었다.

"좋아요! 제가 어르신들께 대접 좀 하겠습니다. 대신 우리
반 평균이 60점이 넘는다는 조건에서고요. 혹시라도 만점 나
오면 그분께는 제가 따로 선물 드릴게요. 됐죠?"

그 말에 반 분위기는 찬물이라도 끼얹은 듯 조용해졌다.
그때 누군가가 중얼거렸다.

"그게 가능해?"

"그 못 배운 년 차별하는 배운 년 때문에라도 안 될걸요?"

모두가 들을 수 있도록 순자가 큰 소리로 말했다. 맨 뒷자
리에 앉아 스마트폰을 들여다보는 필숙을 겨냥한 말이었다.
그러나 필숙은 순자 쪽을 힐끗 쳐다보기는 했으나 별말 없이

다시 스마트폰을 만지작거렸다. 승지는 그제야 엄필숙의 상황이 생각나서 걱정스럽게 물었다.

"필숙 어르신은 어떠세요? 쉬다가 나오셨는데 할 만하세요?"

자신의 이름이 불릴 줄 몰랐던 필숙은 섬쩍 놀라 고개를 들었다. 반 학생들의 시선이 일제히 필숙을 향했다. 필숙은 잠시 주위를 둘러보다가 고개를 끄덕이는 것으로 대답을 대신했다. 초면도 아니고 무례하기 짝이 없는 행동에 승지는 애서 표정 관리를 하며 칠판 쪽으로 돌아섰다.

"그럼 오늘 수업 진행할게요. 자, 오늘은요……."

책상 위에 엎드려 있던 교수부장은 몸을 일으키고는 멍하니 허공을 응시했다. 떨쳐내려고 해도 떨쳐지지 않는 전화 속 목소리 때문이었다. 그는 샛별야학이 세 들어 있는 건물의 새로운 주인이었고, 오늘 낮에 갑자기 전화해서는 통보하듯 말했다.

"잘 지내시죠?"

"아 네, 사장님. 무슨 일이세요?"

"그게…… 본론으로 바로 들어가는 게 낫겠죠?"

"네, 말씀하세요."

"저기…… 지난번 사장님이랑 계약서 쓴 건 알지만 이번에 주인이 저로 바뀌었잖아요. 제가 사정이 좀 생겨서 거기를 비워줬으면 싶은데…… 이사비는 섭섭지 않게 드릴게요."

"네? 아니 지금 무슨 말씀을……?"

"우리 건물에 꽤 오래 있었잖아요. 월세도 시세 대비 말도 안 되는 금액이고. 우리도 세금 폭탄 맞고 어떻게 해야 할지 몰라서 사방팔방으로 방법을 알아보는 중인데 월세 올리는 수밖에는 없더라고요. 그런데 이게 또 우리 계약서상에 적힌 월세로는 택도 없어. 그놈의 임대차 계약인지 뭔지가 걸려서 더 올릴 수도 없고. 그렇다고 우리가 땅 파서 사업하는 것도 아니고……."

하지만 말의 내용과는 달리 건물주의 목소리에서 근심이라고는 하나도 느껴지지 않았다. 게다가 지난번 공인중개사 사무소에서 만났을 때와는 너무나 다른 태도에 부장은 적잖이 당황했다. 그때는 부장의 두 손을 맞잡으며 공실 생기지 않게 해줘서 고맙다고 했었다. 도울 일이 있으면 언제든 말하라고도 했다. 그러나 바뀐 태도보다 더욱 부장을 당황시킨 것은 계약서가 뻔히 존재하는데도 당당하게 퇴거를 요구한다는 점이었다.

"왜 이러세요, 사장님. 계약기간도 남았는데 이렇게 나가라고 하시면 안 되죠. 저희는 최소 5년은 생각했는데요. 지난번에 재계약할 때도 월세 20퍼센트 올렸고요. 무엇보다 너무 갑작스러워서…… 당황스럽네요. 갑자기 어디로 가라는 건지."

"당황스럽죠? 저도 당황스럽습니다. 세금 폭탄 때문에요. 그쪽 입장만 있는 게 아니니까 우리 좋게 좋게 정리합시다. 아, 계약서? 법 좀 따지겠다는 거죠? 그럼 뭐 우리도 준비를 해야겠네. 법이 만사를 해결해주는 건 아니라는 거 알 만한 연배가 왜 이러실까요? 암튼 그렇게 아시고, 혹시 갈 데 없으면 연락 줘요. 우리 전속 공인중개사 사장님 소개해줄게요."

"아니……."

부장이 항의할 말을 고르는데 전화가 뚝 끊겼다. 그 순간 온몸에서 힘이 빠지며 눈앞이 흐릿해졌다. 머릿속이 복잡해서 일도 손에 잡히지 않았다. 하는 수 없이 다른 선생님께 수업을 대신 맡기고는 교무실에 죽치고 앉아 생각에 생각을 거듭했다. 어떡할까. 어떻게 해야 하지. 하지만 떠오르는 건 건물주의 요구는 말도 안 된다는 것뿐이었다. 샛별야학이 현재의 건물에 둥지를 튼 건 10여 년 전이었다. 꾀죄죄한 건물 외관 때문인지 3층은 늘 공실이었고, 그걸 시세의 반도 안 되는 금액에 오래 임대해준다는 제안 때문에 이곳을 택한 것이었다. 어르신들이 오가야 했기에 처음에는 저층을 알아봤지만 결국 임대료 때문에 엘리베이터도 없는 3층을 계약할 수밖에 없었다. 누구는 차라리 어르신들에게 수업료를 받으라고 권했다. 하지만 샛별야학의 설립자도 교수부장도 그 생각에는 반대했다. 수업료를 받는 순간 학교의 문턱이 높아지기 때문이었다. 어르신들은 자식들을 위해서는 전 재산도 쓸 수 있지만 자신들을 위해서는 한 푼도 쓰지 않는다는 걸 알았다. 지금의 세대가 잘사는 건 윗세대의 희생 덕분이었고 그걸 조금이나마 갚는 게 샛별야학의 설립 취지였다. 그런 이유로 교재비도 정말 실비만 받고 지금까지 운영해온 거였다. 졸업생들의 후원과 설립자의 사재 출연이 있었기에 가능한 일이었다. 그런데 이제 이곳에서 나가라는 통보를 받았다. 월세 50만 원으로 비슷한 조건의 자리는 꿈도 꿀 수 없었다. 고민을 할수록 생각은 더욱 비관적인 쪽으로만 흘렀다. 그러다 어느 순간 부장이 자리를 박차고 일어났다.

"부장님 괜찮으세요? 어디 많이 안 좋으세요? 그렇잖아도 승지 선생님이 많이 걱정하던데……."

부장의 갑작스러운 움직임에 자기 자리에서 수업 자료를 만들던 수학 선생이 물었다.

"아니에요. 일 보세요. 저는 바람 좀 쐬고 와야 할 것 같아요."

"이제 수업 끝나가는데 아예 일찍 퇴근하시죠?"

"아니…… 처리해야 할 일도 있고 해서."

그때 전화벨이 울리기 시작했다. 그 전화를 수학 선생이 당겨 받으려는데 부장이 손을 내저으며 다시 자리에 앉았다.

"샛별야학입니다."

"혹시 담당자분이신가요?"

"네? 담당자요? 아…… 네. 제가 교수부장입니다. 무슨 일 이시죠?"

"행정처분 때문에 전화 드렸습니다. 낮에도 여러 번 전화했는데 안 받아서 밤에 한번 해봤더니 받으시네요. 아, 야학이라 그런가. 어쨌거나, 소방법 위반이라는 신고가 접수되었습니다. 그래서 저희가 조사차 현장을 방문해야 할 것 같습니다."

"네? 소방법 위반이요? 저희가요?"

"네. 사진이랑 같이 민원이 접수되었어요. 복도랑 계단에 원래 물건 적치하면 안 되는 거 아시죠? 그런데 복도도 그렇고 계단에도 물건이 잔뜩 쌓여 있네요. 이러면 화재 시에 위험할 수 있어요. 일단 10만 원 과태료 부과할 거고요, 방문 후에도 계도되지 않으면 2차 3차로 추가 벌금을 내야 할 수도 있습니다."

"네? 과태료요?"

"그럼, 전달 드린 걸로 알겠습니다. 방문은 이틀 뒤에 할 테니까 그 전에 정리 좀 부탁드립니다."

그러고는 전화가 뚝 끊겼다. 부장은 수화기를 내려놓으며 일의 진상을 파악하기 위해 애썼다.

'복도랑 계단? 갑자기?'

샛별야학은 총 네 개의 방으로 구성되어 있었다. 그중 세 개는 교실로, 나머지 하나는 교무실로 사용하는데 비품을 들여놓을 곳이 마땅치 않아 복도 끝에 복사지며 각종 물건을 쌓아두었다. 계단의 경우에는 거동이 불편한 어르신들이 유모차를 끌고 오는 경우가 종종 있어 놔둘 수 있게 편의를 봐드렸다. 그런데 그게 소방법 위반이었던 거다. 교수부장은 자기 잘못이라는 걸 알면서도 도대체 왜 갑자기 지금일까 하는 의문이 들었다. 게다가 사진을 찍어 민원을 접수했다는 건 내부 소행일 가능성이 높다는 뜻인데, 이 부분이 가장 믿을 수가 없었다. 협조는커녕 오히려 훼방을 놓는다? 내부인이? 있을 수 없는 일이었다. 부장은 계속 머리를 굴려보았으나 알아낼 수 있는 건 아무것도 없었다. 답답한 마음에 전화기가 놓인 책상을 세게 한 번 내려치고는 겉옷도 입지 않은 채 교무실을 나갔다. 그 모습을 수학 선생이 걱정스러운 눈으로 지켜보았다.

악연

불행은 거기서 그치지 않았다. 부장은 그 후로 이틀에 한 번꼴로 교통위반 과태료 고지서를 받았다. 대부분은 불법 주정차로 주차구역이 아닌 곳에 주차했다는 것이었다. 처음에는 분노해서 길길이 뛰었다. 아무리 생각해봐도 그런 사실이 없기 때문이었다. 하지만 찍힌 사진에는 샛별야학 차량이 건물 앞에 불법 주차를 한 것으로 나와 있었다. 참다못한 부장은 해당 부서로 전화를 걸었다. 우선 제보가 사실이 아니라는 점을 강조한 뒤 허위로 제보한 자가 누구냐는 말에 해당 부서에서는 공익 제보는 신원을 발설할 수 없다며 알려주기를 거절했다. 남은 건 직접 방문해 무죄를 소명하는 것뿐이었다. 하지만 새로운 증거를 가져가지 않는 이상 결과는 바뀌지 않을 게 뻔했다. 그리하여 교수부장은 과태료 고지서에 박힌 날짜를 토대로 기억을 샅샅이 돌려보기 시작했다. 불행히도 샛별야학의 차량은 블랙박스가 고장 난 상태였다. 고치리라 마음먹었지만 그러질 못해 학기 내내 작동할 수 없는 상태였다. 그래서 교무실에 보관 중인 업무일지와 차량운행 기록을 비교하며 이상한 점을 찾기 시작했다.

'이날이네.'

그러던 중 단서 하나를 찾았다. 등하교가 불편한 어르신들을 부장이 직접 차로 태워다 드리곤 했는데 이날 신청자가 한 명 있어 샛별야학 앞에서 내려준 기록이 있었다. 그때도 잠시 정차를 했을 뿐 결코 주차는 하지 않았다. 그것만은 분명했다. 자신이 거주하는 빌라가 근거리에 있어서 복잡한 도로변 대신 항상 그곳에 주차하기 때문이었다. 하지만 그걸 증명할 방법이 없었다. 그게 문제였다. 그러다가 자신에게 세 번이나 등하교를 신청한 한 어르신의 이름을 확인하게 되었다.

'엄필숙.'

그리고 보니 의아한 점이 하나 있었다. 보통은 팔순 가까운 어르신이나 거동이 불편한 장애등급 어르신들이 이 서비스를 신청하는데 당시 태웠던 어르신은 그렇지 않았다는 점이었다. 게다가 지나칠 정도로 옷을 화려하게 차려입고 있어서 별나다고 생각했었다.

'혹시? 에이, 설마 어르신이 일부러 이걸 찍었을까……. 그런데 깜빡이가 꺼져 있는 것도 이상하긴 해……. 내가 그걸 끄지는 않았을 텐데……. 내가 또 누구한테 이 차량 블랙박스가 안 된다고 이야기한 적이 있었던가?'

생각할수록 뭔가가 개운하지 않았다. 부장은 당분간 차량은 아예 운행하지 않는 것으로 결론을 내렸다. 그리고 과태료는 자신의 사비를 털어 납부하기로 했다. 여러모로 불운에 불운이 겹치는 날들이었다.

"어르신들, 공부는 많이 하셨어요? 이제 이틀 남았어요."

"네!"

"그럼요. 저희 매일 일찍 만난다니까요?"

"당연하죠!"

여기저기서 자신감이 넘치는 대답들이 쏟아졌다. 승지는 어르신들의 얼굴을 흐뭇한 미소를 띤 채 둘러보았다. 모두 열심히 하는 눈치였지만 단 한 사람은 여전히 열의도 성의도 없었다. 매일 같이 맨 뒷자리에 앉아 그립톡으로 스마트폰을 고정해놓고는 수업은 들은 척 만 척하는 어르신. 보라색 스팽글로 휘감은 니트와 바지에 모자까지 세트로 맞춰 입고는 자신과는 한 번도 눈을 마주치지 않는 어르신. 바로 엄필숙이었다. 승지는 그때마다 속이 상했지만 티를 내지는 않았다. 칠순 가까운 나이에 공부 한번 해보겠다고 자발적으로 온 분이기 때문이었다. 수업을 듣는 것도 듣지 않는 것도 자유이니 뭐라 할 수가 없었다. 결국, 본인 손해라는 생각을 하며 승지는 눈을 돌렸다. 이제는 어느 정도 신경을 쓰지 않고 수업에만 집중하는 습관이 생긴 듯도 했다.

"그럼 내일은 학교에 나와서 같이 공부할까? 어떠세요?"

"오! 가능하지. 내일 집에 있으면 공부도 안 될 것 같고."

"그래요오. 그럼 맛있는 거 싸 와서 우리 시험 준비 좀 해요오."

순자도 선녀도 이견이 없었다. 언젠가부터 둘은 썩 뜻이 잘 맞았다. 시옷은 장난삼아 둘을 영혼의 단짝이라고 불렀다. 그럴 때마다 둘은 아니라고 인상 쓰며 손사래를 쳤지만 진짜로 싫어하는 눈치는 아니었다. 둘은 어느덧 서로의 스타일에 동화되었는지 이제는 순자가 태클을 걸고 선녀가 방어하는 경우도 종종 있었다.

"나도 하지 뭐."

그 의견에 행자 할머니도 합세했다. 그렇게 넷은 일요일 빈 교실에서 시험공부를 하기로 약속했다. 그때 엄필숙이 슬그머니 다가오더니 머뭇거리다 말했다.

"저도 해도 되죠?"

"에에에? 배운 년이 못 배운 년들이랑 공부하려고?"

"영 나는 찝찝한데. 무슨 꿍꿍이이려나."

"진짜 하시게요오? 쉽지 않을 건데에."

선녀와 순자 그리고 시옷까지 모두 반대했다. 그때 또 한 번 행자 할머니가 나서 중재를 시작했다.

"안 될 것 뭐 있어? 열심히 할 거면 와도 되지."

"형님!"

"그게 무슨 소리라요? 형님 전 그럼 안 올랍니다."

순자가 어깃장을 놓았다.

"우리 그렇게 맘 쓰지 말자. 똑같이 할 거야? 그럴 거야? 못 배웠다는 거 인정할 거야?"

행자 할머니도 물러서지 않았다. 그런 의외의 모습 때문인지 그 말이 일리가 있다고 생각했는지 순자는 입을 다물었고 남은 둘도 더는 반박하지 않았다. 그렇게 불청객을 받아들이게 되었다. 하지만 분란의 당사자인 엄필숙은 고맙다는 말도 없이 먼저 자리를 떴다.

"나 근데 왠지 찝찝해요. 저 인간, 수업 듣는 거 보면 알잖수? 하려는 맘이 안 보이던데."

"그러게요. 지난번에는 조용히 〈미스터트롯〉 보고 있더라니까!"

"에이 설마. 노래를 못 듣는데 그걸 어떻게 봐."

"진짜라니까요! 나도 모르겠어요. 도대체 왜 그러는지."

"그나저나 저는요오. 선생님 눈치가 너무 보이더라고요오. 국어 선생님이 자꾸 그쪽 보는 것 같더라고요오. 그때마다 표정이 확 어두워진다니까요오."

시옷도 한마디 거들었다.

"흠. 그래도 자기가 나오겠다고 하는데 어쩔 수 없지. 그냥 열심히 해보자고."

행자 할머니는 끝내 뜻을 꺾지 않았다. 모두를 공평하게 대해야 한다는 신념 때문이었다.

"오셨어요, 형님? 진작에 내가 쫙 깔아놨지요."

선녀가 환한 얼굴로 책상 위를 가리키며 행자 할머니를 반겼다.

"아니 이게 뭐야?"

이어 붙인 책상 다섯 개 위로 비닐이 펼쳐져 있었다. 플라스틱 그릇에 담긴 잡채와 전, 거기다 디저트로 배와 사과까지 준비되어 있었다. 그러나 뭐니 뭐니 해도 화룡점정은 포천 이동 막걸리였다. 그걸 발견한 행자 할머니가 어이없어하며 말했다.

"아니 술은 왜? 우리 공부해야지."

"한잔 들이켜고 하면 좋잖아요. 누가 뭐 취할 때까지 마시재요?"

"아이, 참."

행자 할머니는 더는 어쩌지 못하고 가방을 자신의 자리에 두고는 상 앞에 앉았다. 잠시 후 교실에 들어선 순자가 이를 발견하고 깜짝 놀라며 반색했다.

"이거 뭐야? 새참이야? 알뜰하게도 차렸네?"

"내가 또 솜씨 하나 기가 막히지. 잡채가 아주 일품이라고."

"반찬가게 사장 이길 수 있을까? 일단 함 먹어봅시다."

순자는 잡채를 크게 한 젓가락 집어 입에 넣고는 한참을 오물거리더니 엄지를 펴 보였다.

"합격!"

"증말루? 나 또 기분 째지네. 우리 사장님한테 인정받아서."

선녀가 갑자기 일어나더니 엉덩이를 흔들며 춤을 추기 시작했다. 행자 할머니는 그 모습을 신기한 듯 바라보다가 둘이 차라리 친해진 게 낫다는 생각에 별말 하지 않고 조용히 잡채를 맛보았다. 달콤하면서도 각종 채소를 씹는데 감칠맛이 살아 있었다. 행자 할머니는 가만히 엄지를 치켜들어 보였다. 그러자 선녀가 달려들어 덥석 행자 할머니를 안고는 볼에 뽀뽀를 퍼붓기 시작했다.

"하여간 기분파라니까."

둘을 보며 슬며시 웃던 순자는 자신의 잔에 막걸리를 따라 가볍게 목을 축였다.

"아니 형님들 벌써 상 펴셨어요오? 근데 너무 거한 거 아니에요오?"

가장 늦게 도착한 시옷이 너스레를 떨었다. 그러면서 시옷도 싸 온 음식을 주섬주섬 펼쳤는데, 팔보채에 라조기까지 상 위로 중국요리가 푸짐하게 놓였다. 순자와 선녀의 눈이 동시에 휘둥그레졌다.

"아니, 자기는 이거 뭐야?"

"이걸 다 직접 했다고? 설마?"

"설마……. 아니죠오. 크크. 이거 저기 유명한 맛집에 가서 포장해 온 거예요오. 맛 좀 보시라고요오."

"그래?"

"따뜻할 때 얼른 드시자고요오."

시옷까지 앉자 자리가 꽉 찼다. 그렇게 다 같이 한술 뜨려는데 행자 할머니가 제지했다.

"왜요 형님? 또 막 공부해야 하니까 술은 안 돼 뭐 그런 건 아니죠?"

"그게 아니라 아직 다 안 왔잖아."

"누구요? 다 왔잖아……. 아 그 화상?"

"에이 그러지 말자."

행자 할머니는 마치 엄필숙이 옆에 있기라도 한 듯 눈치를 주며 말했다.

"왜요? 지가 늦는 걸."

"역시나 먹을 복은 없는 걸로."

순자도 선녀를 거들고 나섰다.

"그럼 따로 덜어놓을까요오? 이거 지금 안 먹으면 다 식어서 맛이 없단 말이에요오. 여기서 포장하려고 어제부터 예약 전화했다니까요오."

"그래 그럼."

결국 행자 할머니는 시옷의 의견을 받아들여 음식 일부를 빈 그릇에 덜기 시작했다. 순자와 선녀도 눈치를 보며 조금씩 거들었지만, 일부러 채소만 수북이 담거나 제일 맛없을 것 같은 부위만 빼서 담았다.

"자 그럼, 우리 한잔하고 빨리 먹고 공부합시다!"

순자가 잔을 치켜들고 구호를 외쳤다.

"우리 만점 기원!"

"만점 기원!"

"그러자고!"

할머니 넷은 기분 좋게 식사한 뒤 공부를 하기 시작했다. 그렇게 한두 시간 지났을까? 복도에서 인기척이 느껴졌다. 또각또각 구두 소리가 울려 퍼지더니 이내 화려한 의상으로 온몸을 휘감은 엄필숙이 나타났다. 오늘은 쨍한 초록색 스팽글이 달린 니트와 빨간 바지 그리고 뱀이 잔뜩 그려진 두건을 썼다. 그 모습에 선녀와 순자가 한마디 하려는 걸 행자 할머니가 막았다.

"왔어?"

"아…… 네."

행자 할머니가 반갑게 인사를 건넸지만 필숙은 냉랭한 표정으로 성의 없이 대답했다. 그도 모자라 순자와 선녀 그리고 시옷을 달갑지 않은 시선으로 한 번 쓱 훑어보고는 멀찌감치 떨어져 앉았다.

"재수 없어."

"그러지 말라니까."

다 들리게 말하는 순자를 행자 할머니가 말렸다. 하지만 필숙은 들은 체도 하지 않았다. 책상 위에 핸드백을 올려놓고 그 옆에 스마트폰을 꺼내 세워서는 또 뭔가를 열심히 보기 시작했다.

"공부하려고 온 거 맞아?"

"저럴 줄 알았다니까. 형님이 너무 나이스하게 대해줬다니까."

"그래도 음식 챙겨놓은 건 줘야 하지 않을까요오?"

"뭐 하러 줘? 그냥 갖다 버리는 게 오히려 잘하는 짓일 건데."

"그래도요오."

"형님 닮아가네! 이쪽도. 쯧쯧."

"그러지 말고 기왕 좋은 마음으로 싸 온 거니까 갖다줘. 휴일이니까 공부할 마음 크게 안 날 수도 있지. 저러다가 또 공부할 수도 있고."

행자 할머니 말에 결국 시옷이 일어나 접시 하나에 덜어둔 음식을 가져다주었다.

"이거 뭐야?"

"우리가 음식을 좀 싸 왔거든요오. 늦는 것 같아서 미리 좀 덜어놨어요오. 드세요오."

그때였다. 필숙이 눈을 위로 치켜뜨더니 쏘아붙이듯 말했다.

"이런 개밥을 누가 먹어? 치워."

"뭐야? 저거 완전 돌은 년이네."

"아니 왜 말을 그 따구로 해?"

순자와 선녀가 한 대 칠 기세로 일어서며 말했다. 시옷은 당황해 그 자리에서 굳어버렸고 행자 할머니마저 표정이 좋지 않았다.

"왜? 내가 뭐 잘못 말했어? 이 따구로 담아놓은 개밥을 누가 먹느냐구!"

"어이쿠. 내가 저럴 줄 알았어. 형님 보셨죠? 저런 년한테는 호의도 아깝다니까요."

"사람 인성 알아보는 데는 똥인지 된장인지 찍어 먹어볼 필요가 없다니까."

선녀와 순자는 팔소매까지 걷어붙이고 어느덧 필숙 쪽으로 한 걸음 더 다가섰다.

"안 먹을 거면 그냥 이리 줘."

분위기가 더 험악해지기 전에 행자 할머니가 나섰다. 직접 엄필숙의 자리로 가서 접시를 도로 가져와 자신의 책상에 놓왔다. 그러고는 젓가락을 들고 접시를 싹싹 비웠다. 선녀와 순자 그리고 시옷은 그 바람에 아무 말도 못 하고 자리로 돌아와 앉았다. 필숙은 행자 할머니 쪽을 힐끗 쳐다보더니 스마트폰과 핸드백을 챙겨 교실을 나갔다. 네 할머니 모두 기분이 상했지만 그 일에 대해선 더 이상 언급하지 않았다. 시간 낭비일 뿐이었다. 넷은 묵묵히 시험공부에 집중했다.

발각

"내일이 시험인데 혹시 사정상 못 오시는 분 계실까요?"

채란이 유인물을 나눠주며 물었다. 그러면서 흘끗 맨 뒷자리를 쳐다보았지만 비어 있었다. 자신도 모르게 안도했다. 지난 3주간 매번 지각하는 데다가 수업을 듣지도 않고 유튜브 영상만 보는 엄필숙 때문에 채란도 마음고생이 꽤 심했다. 대놓고 눈치를 줄 수노 없어 근처까지 가서 기침 소리를 일부러 내거나 뒤에 서서 얼쩡거리는 것으로 대신해야 했다. 하지만 엄필숙은 눈치가 없는 건지 일부러 무시하는 건지 자세를 바꾸지도 스마트폰을 감추려고도 하지 않았다.

한번은 교무회의 안건으로 엄필숙 얘기를 꺼냈다. 혼자 해결하기엔 무리라는 판단에서였다.

"그분 원래 그래요. 그냥 신경 쓰지 마세요."

동료 교사들이 말했다. 해결책은 아니었지만 그 말에 묘하게 위로를 받았다.

'내 수업 때만 그러는 게 아니었구나.'

마음이 한결 나아졌다. 알고 봤더니 엄필숙은 이미 선생님들의 눈 밖에 났을 뿐 아니라 문제 어르신으로 찍혀 있었다. 채란도 더는 신경 쓰지 않기로 했다. 그럼에도 수업 때마다 얼굴을 마주하는 건 곤욕이 아닐 수 없었다. 도대체 이해가 안 되기도 했다. 유튜브만 볼 거면서 학교엔 왜 나온단 말인가. 그랬는데, 시험을 하루 앞두고 결석을 했다. 이것은 무슨 징조인가. 영원한 결석인가, 아니면 일시적인 결석인가. 혹시…… 생각하다 채란은 얼른 고개를 저으며 반성했다. 학생이 학교에 나오지 않기를 바라다니, 선생답지 않은 생각이었다. 채란은 목소리를 가다듬고 다시 시험에 대해 설명했다.

"이번 시험은 그렇게 어렵게 내지 않았어요. 사실 어르신들이 학교 다니던 때와 다르게 요즘은 초등학교 때부터 영어를 배워서 기존 중학 시험은 난이도가 높거든요. 저는 어르신들이 처음 영어를 배웠다는 걸 고려해서 학년은 배제하고 문제를 냈습니다. 그러니까 어렵다고 하기 없기예요."

채란은 마지막 말을 하며 눈을 살짝 찡긋했다. 그러자 어르신들이 네, 하고 큰 소리로 대답했다.

"우리 선생님 만세! 영어 선생님 만세!"

갑자기 선녀가 벌떡 일어나더니 두 손을 치켜들며 만세를 불렀다.

"수업 분위기는 좀 어때요? 잘돼가나요?"

채란이 오고 나서부터 수업 분위기가 매우 좋다는 이야기는 이미 들은 터였다. 그걸 아는 부장이지만 그간 다른 문제 때문에 너무 신경을 못 썼다는 생각이 들어 인사 겸 한 물음이었다. 채란 역시 그런 부장의 배려를 짐작하고 있었고 그래서 배시시 웃는 것으로 대답을 대신했다. 부장은 고개를 끄덕이며 자신의 자리로 돌아와 앉았다. 그 광경을 지켜보던 승지가 부장에게 말을 건넸다.

"저 부장님, 오늘은 괜찮으신 거죠?"

"나요? 어디 안 괜찮아 보였어요?"

부장은 일부러 너스레를 떨어 보였지만 승지의 표정은 사뭇 진지했다.

"부장님은 우리 야학의 기둥인 거 아시죠? 그동안 얼마나 불안했다고요."

승지는 금방이라도 울음을 터뜨릴 것 같았다.

"네? 뭐? 무슨 일 있었어? 누가 뭐라고 했어?"

"아뇨, 그런 거 아니고요. 제가 원래 눈치를 많이 봐요. 근데 요즘 들어서 부장님이 한숨도 너무 많이 쉬시고 그 이상한 아재 개그도 안 하시고 그래서 무슨 일 있으신가 했어요. 아니면 다행이고요."

승지는 한시름 덜었다는 듯 활짝 웃어 보이고는 교재를 챙겨 교무실을 나섰다. 부장은 잠시 몽글몽글해졌던 마음을 다잡았다. 의자를 책상 쪽으로 바짝 당겨 앉았다. 그때 발작하듯 전화벨이 울렸다.

"여보세요?"

"거기 샛별야학이죠? 혹시 담당자분과 통화할 수 있을까요?"

부장은 자신을 호출하는 낯선 목소리에 가슴이 쿵쾅대기 시작했다. 또 무슨 일인가 싶어 얼른 대답하지 않고 잠시 뜸을 들였다. 그러자 상대는 다시 한번 담당자를 찾으며 통화를 할 수 있는지 물었다.

"네, 안녕하세요. 제가 담당자인데요. 무슨 일이신지……."

왠지 자신감이 없어진 부장이 말끝을 흐렸다. 상대는 한숨을 크게 한 번 쉬더니 일사천리로 본론으로 넘어갔다.

"지난번에도 제가 연락드렸는데요. 또 신고가 들어왔어요. 제가 자의적으로 이러는 게 아니라는 걸 알아주셨으면 좋겠고요. 샛별야학이 소방법을 위반했다고 사진이랑 영상을 첨부해서 신고를 했네요. 우리도 이러고 싶진 않은데 민원이 접수된 이상 직접 확인을 해야 해서요."

"지난번에 소방법 위반으로 저희 실사 받았는데요? 그때 벌금도 냈잖습니까?"

부장은 억울한 마음에 목소리가 떨리면서도 커지는 걸 어쩔 수 없었다. 하지만 상대는 완고했다.

"그때는 복도랑 비상계단에 적치로 실사를 나갔던 건데 이번에는 아예 전기 관련 규정으로 소방법 위반 신고가 들어왔어요. 사진까지 다 찍어 보낸 거라 우리가 꼭 확인해서 처리해야 하는 안건입니다."

"저…… 그러면 언제 나오나요?"

"내일 오후 늦게 나갈 예정입니다. 미리 전화 한 번 드리겠습니다."

"저희 내일은 안 됩니다. 절대 안 돼요."

"그건 그쪽 사정이고요. 우리는 실사를 미루지 않습니다. 내일 방문하는 것으로 하겠습니다."

그렇게 통화가 끊겼다. 교수부장은 다시 한번 두통이 밀려

오는 걸 느끼며 양손으로 머리를 움켜쥐었다.

"으아아아아아악!"

자신도 모르게 비명이 튀어나왔다. 얼른 주위를 둘러보았다. 다행히 교무실에는 아무도 없었다. 부장은 머리를 움켜쥔 채 책상 위로 고개를 떨어뜨렸다. 내일은 시험 날이라 다른 때보다 일찍 나와 선생님들과 마지막 확인 절차를 거치며 미리 준비해야 했다. 보안상으로도 그렇고 외부인이 들락날락하는 상황에서는 진행할 수 없는 일이었다. 그렇다고 학사 일정에 나와 있는 시험일을 변경할 수도 없었다. 이날에 맞춰 준비했을 학생들의 입장을 고려하면 더욱 그랬다. 부장의 고민이 시작되었다.

'어떡하지?'

결국 부장은 시험을 강행하는 것으로 결론을 내렸다. 대신 선생님들을 호출해 사정을 설명하고 오늘 미리 세팅을 끝내 놓고 퇴근하기로 했다.

그날 샛별야학 교무실은 자정이 넘어서까지 불이 꺼지지 않았다.

"안녕하세요."

인사를 건네는 직원으로부터 명함을 받은 부장은 떨떠름

한 표정을 감추지 못했다. 입은 가까스로 웃고 있었지만, 눈은 울상이었고 눈썹은 하늘로 치솟아 있었다. 실사 나온 직원은 그런 반응이 익숙하다는 듯 재빠르게 움직이기 시작했다. 각 교실을 구석구석 확인하고 사진을 찍고 영상으로 다시 한번 남겼다. 비상 소화기를 확인하고 전기 스위치를 점검하고 시설물을 꼼꼼히 두 번 세 번 조사했다. 그 때문에 부장의 입에서는 그만 좀 괴롭히라는 말이 목구멍까지 차올랐다.

"이상 없죠? 봐요, 그럴 리가 없잖아요."

"네…… 이상 없습니다. 최소 기준은 다 준수했고 설비도 오래되긴 했지만 기준 미달은 아닙니다."

"그쵸? 왜 가만히 있는 우리를 자꾸 건드리냐고요. 영업방해와 무고죄로 신고해버리고 싶을 정도라고요!"

법을 잘 모르는 부장이었지만 어디서 들은 것 같은 단어를 섞어가며 불만을 토로했다. 그러자 상대는 머리를 긁적이며 말했다.

"우리가 원칙상 민원인을 밝힐 수는 없어요. 그건 아주 심각한 개인정보 유출이고요. 대신에 신고 사진을 한 장 보여드릴게요. 다는 안 되고 하나만. 우리도 이렇게 구석구석 찍어서 상세하게 민원을 넣었는데 그냥 넘어갈 수는 없잖아요? 우리도 욕먹는 거 싫습니다. 이거 보세요."

부장은 직원이 내민 현상된 사진을 살펴보았다. 아무리 뜯어봐도 샛별야학의 교실 전경이 맞았다. 그런데 그 사진 오른쪽 끄트머리에 특이한 물체가 포착되어 있었다. 아주 자세히 봐야만 그 정체를 알 수 있었지만 부장은 용케도 그것을 알아보았다.

"막걸리?"

그러고 보니 책상 위에 깔아둔 것 같은 비닐도 함께 보였다. 급기야 부장은 그 사진을 낚아채 높이 들었다가 다시 눈 가까이에 대었다가 하면서 이리저리 보고 또 봤다.

"이거 주실 수 있어요?"

"안 되죠. 이리 내세요."

그렇게 실랑이를 벌이는 사이에 부장은 얼른 스마트폰으로 그 사진을 찍었다. 그러자 상대가 화를 내며 따졌다.

"이거 이러시면 곤란하죠. 네? 알 만한 분이!"

"아니 이 사진도 우리 내부 몰래 촬영한 거잖아요? 그래서 우리도 몰래 촬영 좀 하자 이겁니다. 그리고 이 교실이 우리 교실인데 내가 찍는 게 뭐 어때서요? 초상권으로 치면 우리한테 초상권이 있는 거지!"

부장은 다시 한번 어디서 들은 것 같은 단어를 사용하며 궤변을 늘어놓았는데 다행히 잘 먹힌 듯했다. 상대는 고개를 절레절레 흔들면서 가보겠다며 인사를 남긴 뒤 뚜벅뚜벅 복도를 걸어 건물 밖으로 나갔다. 부장은 가슴을 쓸어내렸다. 그러다 얼른 사진을 다시 살펴보았다. 이게 단서가 될 것 같았다. 자꾸만 억지 주장을 펼치며 모함하려 하는 실체를 밝히는 열쇠 말이다.

"저, 선생님들. 혹시 이 사진이 언제 찍혔을지 알 수 있을까? 내 생각에는 일주일 내인 것 같은데."

부장이 승지와 채란의 자리로 다가가 스마트폰을 보여주며 물었다.

"어? 부장님 이거 저희 교실이잖아요. 왜 이런 걸 찍으셨대요?"

"내가 찍은 게 아니고……. 선생님들만 알고 있어요. 누가 자꾸 우리 학교 사진을 찍어서 말도 안 되는 민원을 넣어요. 그래서 내가 그 범인 좀 색출하려고. 분명 우리한테 억하심정이 있는 게 틀림없어. 그렇지 않고서야 이렇게 할 리가 있나?"

"핸드폰 좀 잠깐 줘보세요. 흠…… 이거 가장자리에 술병 맞아요?"

승지가 물었다.

"응, 술병 맞아. 비닐 깔려 있고 그런 거 보니까 식사하는 것 같은데. 누가 이랬는지 알 수 있을까?"

부장의 핸드폰을 들여다보던 승지와 채란은 순간 서로를 쳐다보며 미묘한 표정을 주고받았다. 먼저 말문을 연 쪽은 승지였다.

"중학 1반 어르신들 몇 분이 스터디를 하시거든요. 일찍 와서 식사도 하시고. 그런데 술은 안 드시거든요? 수업 들어야 하잖아요. 그래서 좀 그렇긴 한데……."

"지난번에 보니까 주말에 한 번 나오자고 이야기 나누는 것 같더라고요. 혹시 그때 한잔씩 하신 게 아닐까 싶어요."

고개를 갸웃거리는 승지를 향해 채란이 말했다.

"중학 1반이란 말이죠? 흠……. 그럼 혹시 승지 쌤이 자초지종 좀 물어봐줄 수 있어? 중학 1반은 선생님이 꽉 잡고 있잖아요."

"제가요? 꽉 잡고 있는 건 아니지만……. 제가 반장 어르신께 함 여쭤볼게요."

"에엥? 중학 1반에 반장이 있었어요?"

놀란 표정으로 채란이 물었다. 그러자 승지가 씨익 웃었다.

"공식은 아니고요. 제게 큰 힘이 되어주는 비공식 채널이라고 해두죠. 부장님, 그 사진 저한테 좀 보내주세요."

그런 뒤 사진을 받아 교무실을 나섰다.

"저, 어르신. 잠깐 이야기 좀 할 수 있을까요?"

"나?"

행자 할머니는 자신을 가리켜 보이고는 이내 승지를 따라 교실 밖으로 나갔다. 잠시 망설이던 승지는 휴대폰을 꺼내 문제의 사진을 보여주었다.

"저 어르신, 절대루 추궁하려는 게 아니라요. 이 사진이 우리 학교의 목숨줄을 쥐고 있어서요. 혹시 이거 언제 찍힌 건지 아시겠어요?"

행자 할머니는 자세히 보기 위해 안경을 꺼내 썼다. 승지는 휴대폰을 행자 할머니에게 건넸다. 사진을 확대해서 구석구석 살피던 행자 할머니가 알겠다는 듯 고개를 끄덕이며 말했다.

"이거 지난주 같은데? 지난주라고 해봐야 며칠 안 되긴 했지. 그때 우리 시험공부 하려고 모인 거라."

"누구누구 오셨는지 여쭤봐도 돼요?"

"우리 넷. 시옷 선녀 순자 나 이렇게 넷이지. 근데 왜?"

"흠……."

승지는 고민에 빠졌다. 그 넷 중에 이런 사진을 찍어 제보

했을 사람은 없어 보였다. 하지만 그 자리에 있지 않고서는 불가능한 일이었다. 그때 행자 할머니가 막 생각이 난 듯 덧붙였다.

"아니다. 우리 넷에 한 명 더. 엄필숙도 왔네. 그러고 보니."

"엄필숙 어르신이요? 그 수업 때 맨날⋯⋯."

아차 싶어 승지가 뒷말을 흐렸지만 행자 할머니는 이미 알아들었다는 듯 고개를 끄덕였다.

"왔다가 금방 갔어. 뭔지 몰라도 우리 넷은 아니야."

"그렇겠죠. 네 알겠습니다. 어르신 너무 감사해요. 진짜 이 은혜를 어떻게 갚죠?"

승지는 행자 할머니의 양손을 감싸 쥐고는 위아래로 흔들었다. 그러자 행자 할머니가 자신의 손 하나를 빼 승지의 손 위에 올리고는 괜찮다는 의미로 톡톡 쳤다. 그런 뒤 손을 쏙 빼서는 흔들어 보이고 교실로 들어갔다.

"부장님, 범인 찾았습니다."

"네? 진짜로?"

부장은 범인 찾았다는 소리에 놀라 자리에서 벌떡 일어섰다.

"누군데요?"

"수업 때 맨날 딴짓하는 어르신이 한 분 계시거든요. 엄필숙 어르신이라고. 이름 들어보셨죠?"

"말도 안 돼! 진짜야? 하이고……."

부장은 하도 어이가 없어서 뒷말을 잇지 못했다. 그러고 보니 상황이 딱 맞아떨어졌다. 몸이 불편한 것도 아니면서 등하교 서비스를 신청한 것도 그 어르신이었다. 부장은 젊은 선생들이 쳐다보는 걸 미처 의식할 사이도 없이 휴대폰을 책상 위로 내동댕이쳤다.

"아이씨 망할! 내 그럴 줄 알았어!"

갑자기 부장이 울음을 터뜨렸다. 그동안의 억울함과 서러움 그리고 지금의 안도감이 뒤섞인, 참으로 복잡미묘한 눈물이었다. 승지와 채란은 어찌할 줄을 몰라 그저 부장을 바라보며 안타까워할 뿐이었다. 어느 정도 시간이 흐르고 마음을 가라앉힌 부장이 입학 카드를 꺼냈다. 거기 적힌 번호로 전화를 걸었지만 끝내 엄필숙은 응답하지 않았다.

최후의 한 판

시험이 끝나고 난 뒤, 학교는 물에 잠긴 듯 조용해졌다. 정규수업을 한 주 미루고 휴교를 택한 것이다. 시험 결과를 받아 들고 신이 났던 할머니 4인방은 그 비보에 어쩔 줄 몰라 했다. 이러다가 영영 문을 닫는 것 아니냐며 순자가 불안해하자 선녀는 문만 닫아보라고, 가만 안 있겠다고 말도 안 되는 으름장을 놓았다. 늘 그랬듯 행자 할머니는 그 상황을 가만히 지켜만 보았고 시옷도 아무 말 하지 않았다. 할머니들의 불안을 알았지만 승지는 어떠한 언질도 줄 수가 없었다. 샛별야학의 미래를 확신할 수 없는 건 승지 역시 마찬가지였다. 그저 교수부장의 당부대로 건물 전체의 안전진단 때문에 휴교하는 거라고 둘러대었다. 하지만 할머니들 못지않게 승지도 불안했다. 샛별야학의 미래가 바람 앞 등불에 지나지 않는다는 걸 알았으니까. 그렇게 선생님들도 일주일의 휴가를 얻었다. 하지만 그 시간 동안 그들은 샛별야학의 빈자리만 더욱 크게 느낄 뿐이었다. 채란과 승지는 따로 만나 술잔을 기울이기도 했다.

"우리 다시 잘되겠죠?"

"그렇겠죠?"

둘은 거품이 뽀글뽀글 일어나는 맥주잔을 부딪치면서 빈말로라도 잘될 거라는 말은 하지 못했다. 선생님들이 원치 않는 휴가를 보내는 동안 교수부장은 여기저기 뛰어다니느라 바빴다. 건물주와 담판을 짓기 전에 먼저 새로운 둥지를 찾아야 했다. 근처 공인중개사 사무소를 돌면서 1층과 2층에 나온 사무실 매물들을 둘러보았다. 하지만 가진 돈이 턱없이 부족했다. 보증금도 월세도 현재의 재정 상태로는 감당할 수 있는 수준이 아니었다. 부동산을 들고 날 때마다 교수부장의 한숨이 깊어졌다.

'이러다 진짜 문 닫는 거 아니야?'

매일 발이 부르트도록 돌아다니고 머리를 싸매고 고민해도 해결되는 것은 없었다. 결국, 그렇게 피하고 싶었던 건물주와 대면해 협상하는 수밖에 없었다.

"여보세요? 사장님이시죠? 저 샛별야학 교수부장입니다. 다름이 아니라 계약 관련해서 이야기 나눌 수 있을까요? 유선상으로는 좀 그렇고 직접 뵀으면 좋겠습니다."

"네, 그러죠."

교수부장은 마침 비어 있는 샛별야학으로 건물주를 초대했다. 약속 두어 시간 전에 미리 나와 쓸고 닦고 마실 차를 준비했다. 일부러 빈 교실에 어르신들의 활동 사진도 걸어두었다. 희끗희끗한 머리를 하고서는 열심히 필기하는 모습부터 명찰을 달고 현장학습에 나간 모습까지 딱 마음을 움직이기 좋은 장면들만 뽑았다. 그리고 마침내 기다리던 건물주가 나타났다.

"안녕하세요!"

교수부장이 먼저 건물주를 발견하고 허리 숙여 인사를 건넸다. 건물주는 40대 초반으로 보이는 남자였는데 거만하기 짝이 없는 말투로 아 네, 대답하고는 그만이었다. 부장이 악수를 청하자 마지못해 손끝만 살짝 잡았다가 놓았다. 온몸에서 돈 냄새가 물씬 풍겼다. 구찌 벨트에 구찌 셔츠 그리고 구찌 가방까지.

"아 참, 내가 지난번에 명함을 따로 안 드렸네? 그쵸?"

남자는 안주머니에서 지갑을 꺼내더니 명함 하나를 건넸다. 금박으로 새겨진 이름 세 글자는 '진. 경. 철.'이었다. 그 옆에는 ENC개발 대표이사라고 적혀 있었다.

부장이 명함을 이리저리 살피는데 누군가가 교실 입구에 나타났다. 그녀는 열린 문 사이로 얼굴을 빼꼼 들이밀어 안을 살피더니 곧장 진경철에게로 달려가 안겼다.

"오구오구 우리 아들. 너 보려고 내가 이렇게 찾아왔잖아."

그 모습을 본 부장의 얼굴이 일그러졌다. 의심에서 한 치의 오차도 없었다. 엄필숙이 나타났다. 새 건물주 진경철은 그녀의 귀한 아들이었다. 이쯤 되자 부장은 애초에 엄필숙이 샛별야학에 등록한 것부터가 의심스러웠다.

'저 늙은이 일부러 들어온 게 분명해. 뭐 하나 꼬투리 잡으려고 간보다가 다른 어르신들과 사이가 틀어져서 나간 거지. 그러다 다시 오고. 이제 안 나오는 걸 보면 임무 완수했다 이거지. 그런 이유가 아니라면 듣지도 않을 수업을 왜 왔겠어? 미친, 있는 놈들이 더한다니까?'

부장은 속마음을 들키지 않기 위해 표정에 신경을 썼다. 가식, 기만, 가면 따위는 부장이 유독 취약한 부분이었다.

"우리 본론부터 이야기하죠. 제가 시간이 금인 사람이어서요."

진경철은 헛기침을 두어 번 하며 소매를 걷어 롤렉스 시계를 확인하는 척했다.

"그럼요. 제가 백방으로 알아봤는데 지금은 이사 가기가 좀 어려울 것 같아요. 우리가 인원이 한둘도 아니고요. 게다가 학기 중이라서 더 시간을 내기가 힘드네요. 양해 좀 부탁드리겠습니다."

"아니, 그건 그쪽 사정이고. 나도 이 건물 사느라 대출도 끼고 얼마나 힘든데요. 요즘 이자가 엄청 높은 건 알죠? 지난번에도 말했다시피 땅 파서 사업하는 거 아니라니까요. 그리고 요즘 시대에 무슨 야학입니까? 누가 이런 델 다닌다고."

"저, 사장님. 우리 학교 졸업생이 꽤 돼요. 사장님도 아실 것 아닙니까? 어머님도 여기 다니셨잖아요."

부장의 말에 엄필숙의 표정이 뽀로통해졌다.

"엄밀히 말하면 다닌 건 아니죠. 내가 여길 졸업을 했어, 뭘 했어? 그리고 나는 이런 데는 돈 줘도 안 다녀요."

부장은 더는 표정 관리를 하기가 힘들었다. 자신도 모르게 손에 힘이 들어가 주먹을 꽉 쥐고 말았다. 한 마디도 대꾸하지 않았지만, 교실 안 공기가 험악해지고 있었다. 그걸 눈치챈 진경철이 얼른 마무리를 지으려 들었다.

"나는 입장 딱 밝혔고요. 계약서 새로 안 쓰고 싶으면 뭐, 그렇게 해요. 나도 다 방법이 있으니까. 그쪽한테 유리할 거 없다는 것만 아쇼."

진경철이 엄포 비슷한 말을 마치고는 엄필숙을 데리고 나갔다. 부장은 의자 위로 무너지듯 앉았다. 결국 협상은 실패했다. 처음부터 큰 기대를 한 게 아니었음에도 패배감이 엄습했다. 자신이 이토록 초라해 보일 수가 없었다. 샛별야학의 창립 멤버이자 30년 가까이 교단을 지켜온 자신이었다. 자부심 하나로 살아온 세월이었다. 그런데 돈 앞에서, 자본주의 앞에서, 그가 할 수 있는 게 아무것도 없었다. 법? 결국은 법에 호소하게 될 것이다. 남은 방법이라곤 그것밖에 없으니까. 어쨌든 할 수 있는 모든 걸 해야 하니까. 그러나 부장도 알고 있었다. 쉽지 않은 시간이 되리라는 걸. 법이 모든 걸 해결해줄 수는 없었다. 아니다. 법을 무시하고, 법 위에서 날뛰는 무법자들이 법을 무력하게 만들고 있었다.

예상대로 두통이 해일처럼 부장을 덮쳤다. 최근에는 거의 매일 만나는 두통이었지만 그런다고 그 고통이 익숙해지지는 않았다. 부장은 머리를 감싸 쥔 채 책상 위로 무너져 내렸다.

"저, 부장님. 어떻게 됐어요?"

휴교가 하루 남은 상태에서 교수부장은 선생님들을 호출했다. 그래 봐야 수학 선생과 국어 선생 그리고 영어 선생까지 셋뿐이었다. 채란과 승지는 각자 두 손을 맞잡은 채 오들오들 떨었다. 수학 선생은 담배 한 개비를 꺼냈다가 도로 집어넣고는 담뱃갑을 우그러뜨렸다. 선생님들의 반응을 두루 살피던 부장이 어렵사리 입을 열었다.

"조금 더 버텨볼까 해요."

"그럼 우리 잘된 거예요?"

승지가 자리에서 벌떡 일어나며 물었다. 선수를 뺏기기는 했지만 채란 역시 의자에서 반쯤 몸을 일으킨 상태였다.

"아니요. 잘 안됐어요. 건물주 쪽은 여전히 강경하고요. 게다가 새 보금자리를 찾아봐도 마땅한 곳이 없고…… . 아무래도 시간을 좀 더 벌어야 할 것 같아요. 그래도 안 되면…… 그래도 안 되면…… . 되길 기원해야겠죠."

부장은 참았던 한숨을 내쉬었다. 수학 선생은 담뱃갑을 들고 말없이 교무실을 나갔다. 승지는 힘없이 자리에 앉았고 채란은 의자 등받이에 몸을 기댔다.

"그래도 내일 수업은 예정대로 진행할게요. 건물주가 당장 나가라고 통보한 건 아니니까 말미를 좀 주지 않을까 싶어

요. 일정에는 최대한 차질이 없게 할 테니 선생님들은 수업
에만 전념해주세요."

그 말을 끝으로 부장은 교무실을 나갔다. 승지와 채란은
서로 민망한 눈빛을 주고받다 고개를 떨어뜨렸다.

"근데 저거 뭐야?"

"엉?"

"우리 건물 공사하는 거야?"

수업이 재개되고 일주일도 채 지나지 않아 이상한 구조물
이 건물 외벽을 둘러싸기 시작했다. 학생들이 의아해하자 누
군가가 리모델링 때 설치하는 비계라고 설명해주었다. 그런
데 1층과 2층에 비해 유독 3층에 가설물이 집중된 듯 보였
다. 교실 창으로 바깥을 내다보면 풍경은커녕 철판으로 만든
발판이 떡하니 눈앞을 가로막고 섰다. 그 흉측한 모습에 놀
란 어르신들이 교무실을 찾았다.

"우리 공사해요?"

하지만 그 물음에 답하는 사람은 아무도 없었다. 부장 역
시 묵묵부답이었다. 난데없이 리모델링 공사를 하겠다는 내
용증명을 받은 게 불과 어제였다. 대책을 마련할 시간도, 학
생들에게 공지할 여유도 없었다. 그리고 오늘, 건물 입구에

통지문이 붙었다.

　통행과 이용에 불편을 드려 죄송합니다.
　12월 17일부터 3월 30일까지 건물 리모델링 공사를 진행
합니다.
　1층과 2층은 그대로 영업합니다.

　교수부장은 법률 상담을 무료로 해준다는 센터에 전화를
걸어 문의했지만 방법이 없다는 대답만 들었다.
　"아마 건물 시세 차익 때문에 그러는 걸 거예요. 되팔려고
산 거라 가치를 올리려면 월세부터 올려 받아야 하거든요.
그런데 갑자기 월세를 올릴 수가 없으니까 내보내는 거예요.
원래 꼬마빌딩 재테크를 그런 식으로 해요. 그래서 건물 임
차인이 쫓겨나는 일이 종종 생기고요. 계약서가 있어도 쫓아
내려고 마음만 먹으면 얼마든지 가능하죠. 이미 겪고 계신
것 같네요. 특히 리모델링이 악질적인 방법이에요. 이건 법
에 호소할 수도 없고 그냥 세입자가 절대적으로 불리하다고
생각하면 돼요. 제지할 방법이 없어요. 억울하더라도 이사비
조로 얼마라도 받고 옮기는 게 지금으로선 그나마 나은 선택
인 것 같네요. 이런 말씀 드려서 저도 죄송합니다."

결국, 백기를 들어야 했다. 교수부장은 선생님들을 다 모아놓고 말했다.

"저기…… 더는 버티기 어려울 것 같아요. 아무래도 어르신들에게 사정을 이야기하고 문을 닫아야 할 것 같습니다."

그 말에 아무도 대답을 하지 못했다. 무거운 침묵만이 교무실에 내려앉았다.

"어머, 형님! 어떻게 귀신같이 이렇게 시험을 잘 봤대?"

순자가 행자 할머니의 시험지를 확인하고는 옆구리를 쿡쿡 찔렀다.

"그러게요오. 역시 우리 행자 형님답네요오!"

순자가 낚아챈 행자 할머니의 시험지를 넘겨받은 시옷도 감탄해서 소리쳤다.

"한턱 쏘는 거죠? 그치?"

선녀도 빠지지 않고 나타나 한마디 보태며 분위기를 끌어올렸다. 하지만 정작 주인공인 행자 할머니는 하나도 기쁘지 않았다. 돌아가는 상황이 심상치 않았다. 수업을 중단한 것도 그렇고 갑작스럽게 공사를 한다는 것도 뭔가 수상쩍었다. 68년 세월을 허투루 보낸 것이 아니었다. 행자 할머니는 방방 뛰는 무리를 진정시킨 뒤 교무실로 가 승지를 불러냈다.

"선상님! 미안해. 근데 내가 가만히 있을 수가 있어야지."

"어르신, 무슨 일이세요?"

승지의 표정이 밝지 않았다. 평소의 승지라면 행자 할머니를 발견하는 순간 환한 미소부터 지었을 것이다.

"저, 학교에 무슨 일 있어?"

행자 할머니는 주위를 확인한 후 목소리를 낮춰 물었다.

"그게요……. 아직 말하면 안 되는데……."

"나만 알고 있을게. 내가 막 떠들고 다니는 그런 사람 아닌 건 알잖아?"

"그게요……. 부장님이 얘기하지 말라고 하셨는데 저도 답답해서 그냥 가만히 있기가 힘드네요. 어르신, 제가 믿는 거 아시죠? 일단 부장님이 다른 어르신들께 말씀드리기 전까지는 비밀로 해주세요."

행자 할머니는 고개를 크게 끄덕여 보였다.

"우리 학교…… 건물주가 나가달라고 해요. 나가야 할 것 같은데 지금 상황으로는 다른 곳으로 이사가 쉽지 않아서요. 아무래도 장기간 휴교를 하게 될 수도 있을 것 같아요."

승지는 차마 행자 할머니를 똑바로 쳐다볼 수 없어서 바닥으로 시선을 떨어뜨렸다. 하지만 행자 할머니는 이렇다 저렇다 말하지 않았다. 그저 고개를 주억거리는 것으로 이해했다는 표현을 대신했다.

"저도 학교 문 닫는 건 싫은데…… 방법이 없네요. 부장님도 백방으로 알아보고 다니시는데 힘들 것 같다고 하세요. 저도 이런 말씀 드리고 싶지 않은데 괜히 희망적으로 이야기했다가 실망만 더 하실까 봐서요."

"아니야. 솔직하게 말해줘서 고마워. 내가 비밀로 할게."

행자 할머니는 승지의 어깨를 두어 번 두들겨주고는 뒤돌아섰다. 그때 승지가 행자 할머니의 팔을 잡으며 축하 인사를 건넸다.

"어르신 그건 그렇고, 이번 시험 너무 고생 많으셨어요. 진짜 축하드려요. 이 말을 먼저 드렸어야 했는데 죄송해요."

"상황이 이런데 뭘."

행자 할머니는 손짓으로 들어가라고 한 뒤 교실로 향했다. 승지는 그 뒷모습을 끝까지 바라보았다. 어쩌면 마지막일 수도 있지 않을까 하는 마음에서.

"아니 여기 아직도 이러고 있네? 공사한다는 소리 못 들었어? 왜들 이래. 참, 못 배운 티를 내나."

복도 끝에서부터 걸어 들어오며 엄필숙이 고래고래 소리를 지르기 시작했다. 때때로 손에 든 공고문을 거칠게 흔들었다. 아들 진경철은 여유 만만한 표정으로 엄필숙의 뒤를 따랐다. 교수부장이 뛰쳐나왔고, 수업 중이던 선생님들까지 밖으로 나왔다.

"여기서 왜 이러십니까? 나가서 얘기하시죠."

부장이 엄필숙과 진경철의 팔을 잡고 끌었지만 꿈쩍도 하지 않았다.

"내가 왜 나가요? 여기가 내 건물인데. 나가야 할 사람들은 따로 있잖아."

엄필숙의 우렁찬 목소리가 복도를 넘어 맨 끝 교실까지 울려 퍼졌다. 어떻게든 어르신들은 모르게 하려던 부장의 의지도 물거품이 되었다. 하나둘 어르신들이 복도로 나오기 시작했고 그중에는 선녀와 순자도 있었다. 엄필숙을 발견한 선녀가 으르렁거리며 말했다.

"야, 저 배운 년이 어떻게 또 못 배운 년들을 걱정까지 해주고 그런대?"

선녀와 순자가 엄필숙을 향해 성큼 다가섰다. 그러자 엄필숙이 무의식적으로 뒷걸음질 쳤다. 곧 그걸 깨닫고는 가까이 오지 말라고 외쳤지만 선녀와 순자는 멈추지 않았다. 엄필숙이 뒤로 물러서자 다른 어르신들까지 합세해 앞으로 나아갔다. 순식간에 50 대 1의 대치 상황이 되어버렸다. 엄필숙이

겁에 질린 건 물론이고 아들 진경철마저 당황하는 기색이 역력했다. 차츰 어르신들과 둘의 간격이 좁아졌다. 그리고 마침내 엄필숙과 진경철이 몸을 홱 돌리더니 복도 끝을 향해 걷기 시작했다.

"저것들 공공의 적이에요. 학교 쑥대밭 만든 거 다 저 둘이라니까."

"이제 이판사판이야."

앞장선 선녀와 순자가 외쳤고, 동시에 엄필숙과 진경철이 달리기 시작했다. 아니, 진경철은 달렸고 엄필숙은 달리고 싶었으나 팔다리가 말을 듣지 않아 그저 제자리에서 허우적거릴 뿐이었다. 복도가 끝나고 계단이 나타났다. 진경철은 엄마의 존재도 잊고 날듯이 계단을 달려 내려갔다. 엄필숙은 잠깐 멈칫했으나 곧 계단으로 진입했고 급한 마음에 서두르다 발을 헛디디고는 아래로 굴러 떨어졌다.

"악!"

엄필숙의 비명이 복도와 비상계단을 가득 메웠다. 아들은 진작 계단을 다 내려갔고 엄필숙은 쓰러진 채 일어나지 못했다. 그 모습을 어르신들이 계단 위에 서서 내려다보았다. 그때 행자 할머니가 무리를 뚫고 앞으로 나서더니 조심조심 계단을 내려가기 시작했다.

"빨리들 와. 순자! 선녀!"

"형님 왜 도와줘요. 그런 인간을?"

"그럼 다친 사람을 그냥 둬? 잔말 말고 빨리들 와."

행자 할머니가 엄필숙을 부축해 일으켰다. 하지만 자신보다 덩치가 월등히 큰 엄필숙을 감당하지 못하고 함께 쓰러지고 말았다. 엄필숙이 허리를 짚으며 비명을 질렀다. 그러나 정작 엄필숙 몸에 깔린 건 행자 할머니의 팔과 다리였다. 멀리서 지켜보던 순자와 선녀가 어쩔 수 없이 계단을 내려가기 시작했고 그 뒤를 시웃과 다른 어르신들이 따랐다. 여러 사람이 힘을 합쳐서야 행자 할머니와 엄필숙을 부축해 일으킬 수 있었다.

"몇 번이야? 아들 번호 대봐."

행자 할머니가 휴대전화를 꺼내며 엄필숙에게 물었다. 고통 때문에 신음하면서도 엄필숙은 선뜻 입을 열지 않고 미심쩍게 쳐다보았다.

"아들 불러야 할 거 아냐? 그럼 우리가 업어? 여기 누가 당신 업고 이 계단을 내려갈 수 있어?"

그제야 엄필숙이 아들 번호를 댔다. 순자와 선녀가 쯧쯧, 혀를 찼다.

"여기 어머님이 다치셨어. 급하게 계단 내려가다가 구르셨는데 와서 모셔 가."

잠시 후 아들이 올라와서는 엄필숙을 업고 사라졌다. 행자 할머니는 휴, 하고 한숨을 내쉬며 가슴을 쓸어내렸다. 어찌 어찌 엄필숙은 돌려보냈지만 문제는 하나도 해결하지 못한 채 그대로 남아 있었다.

'이제 우리는 어떻게 되는 건지…….'

그리고 다음 날부터 샛별야학은 무기한 휴교에 들어갔다.

이사

해가 중천에 떴건만 행자 할머니는 방에서 나오지 않았다. 식사도 거른 채 누워만 있으니 걱정이 된 남편이 문을 빼꼼 열고는 죽 그릇을 안으로 들이밀었다.

"식기 전에 먹어."

"나 아픈 거 아니야."

"알아. 몸이 아픈 건 아니지. 근데 마음 아픈 것도 아픈 거야."

"……."

행자 할머니는 아무런 대꾸도 할 수 없었다. 그건 사실이었으니까. 샛별야학이 문을 닫은 지 이제 나흘이 되었다. 쉬는 첫날에는 말하지 않고 그냥 지나갔지만 이내 등교하지 않는다는 걸 눈치챈 남편에게 사실대로 말했다. 자초지종을 설명한다는 것 자체가 행자 할머니에게는 고통이었으나 남편이 꼬치꼬치 캐물어서 어쩔 수가 없었다. 한편으로는 속이 시원하기도 했다. 뭔가가 얹힌 듯 명치께가 답답하던 참이었다. 행자 할머니의 설명을 다 들은 남편은 가타부타 말이 없이 자기 방으로 들어갔다. 함께 분노하고 함께 서운해할 줄 알았던 남편이었다. 샛별야학이 행자 할머니에게 어떤 의미인지 가장 잘 안다고 생각했던 남편이었다. 그런데 위로는커녕 앞으로 어떻게 할 거냐고 묻지조차 않았다. 섭섭했고 또 한편으로는 씁쓸했다. 그랬는데, 남편이 직접 죽을 쒀서 방으로 들이미는 것이 아닌가. 행자 할머니는 그 정성을 생각해서 조금이라도 먹어보려 했지만 도저히 목으로 넘길 수가 없었다. 결국 죽 그릇을 한옆으로 물렸다. 다시 누우려는데 방문 옆에 던지듯 놓아둔 가방이 눈에 띄었다.

'어이쿠.'

가슴이 훅 하고 내려앉는 기분이었다. 고작 가방을 보았을 뿐인데도 그랬다. 행자 할머니는 망설이다가 가방을 끌어당겨 열었다. 교재를 꺼내 하나씩 넘겨보았다. 페이지 곳곳에 행자 할머니의 흔적이 보였다. 참 열심히도 적었다. 선생님 말씀도 받아 적고 그때그때 생각난 것도 적고 모르는 것도 적고 아는 것도 적었다. 모르는 건 나중에 찾아보려고 적고 아는 건 잊어버릴까 봐 적었다. 그렇게 적은 삐뚤빼뚤한 글자가 교재의 여백을 가득 채우고 있었다. 어느새 행자 할머니의 눈가가 촉촉해졌다. 그때 경쾌한 소리를 내며 전화벨이 울리기 시작했다. 받지 않고 그냥 두었으나 끊길 생각을 하지 않았다. 할 수 없이 소매로 눈가를 문지르고는 휴대전화를 집어 들었다.

'아들놈'

통화 버튼을 누르자 익숙하면서도 다급한 목소리가 들려왔다.

"엄마!"

"왜?"

"엄마! 어머니! 엄니!"

"또 왜?"

"큰일 났어!"

"너한테 작은 일이 있냐?"

"이번엔 진짜야. 진짜 죽느냐 사느냐 하는 문제라고."

"싸웠어?"

"아니. 차라리 그런 거면 낫게?"

"그럼 뭔데?"

"엄마, 혜인이가 말이야, 발령이 이상한 데로 났어."

"어딘데?"

"부산."

"부산? 저기 아래, 부산? 웬 부산? 갑자기?"

"그게 설명하자면 좀 긴데…… 혜인이가 눈 밖에 나서 그런 것 같아. 저번에 성희롱 비위 때문에 증언을 해줬는데 그게 괘씸죄에 걸렸나 봐. 그래서 이번에 부산으로 발령이 나 버렸어. 지점에서는 그만두길 바라는 눈치라는데……. 근데 그게 어디 쉽나? 혜인이는 막 여기서 밀려나면 안 된다고 더 길길이 뛰고. 근데 그러면 어떡해? 우리 애기는? 응? 가뜩이나 지금도 발 동동 구르는데……. 어떡하지? 내가 그만두고 따라가야 하나?"

행자 할머니는 거기까지 듣고도 이미 머릿속에 사정이 훤히 그려지는 듯했다. 그리고 아들이 바라는 게 무엇인지도. 그래서 일부러 답을 안 하고 있어보았다. 엄마의 침묵이 길어지자 아들은 입이 바싹바싹 타들어 가는지 잖는 소리를 하며 계속 애달프게 불렀다. 엄마였다가 어머니였다가 마지막에는 엄니로 바뀌었다. 자신을 부르는 소리를 듣는 것 자체가 고역인지라 행자 할머니는 다시 전화하겠다고 말하고 끊어버렸다.

"아이고오."

곡소리가 절로 나왔다. 불행은 겹쳐 오는 거라는 생각이 들자 머리와 가슴이 동시에 아파왔다. 이제는 어디를 먼저 위로해야 할지 알 수가 없었다. 그대로 바닥에 누워 숨을 골랐다.

"여보 나 좀 봐요."

"왜? 무슨 일 있어?"

"웅이한테 연락 왔었지? 자기한테 얘기 안 했을 리가 없어."

"뭐 대충 듣기는 했지. 그래서 어떻게 하기로 했어?"

"원하는 답은 알지. 근데 그렇게 해주기 싫어."

"나도 그건 좀 그래. 늘그막에 우리도 하고 싶은 거 하면서 편하게 시간 좀 보내고 싶은데……. 자식 놈이 그걸 알 리가 있나. 그래도 미혜는 걱정 끼치고 그런 일 없이 편하게 키웠는데 아들놈은 영……. 그래도 어떡해? 우리 자식인걸. 우리 새낀데."

"근데 나, 원하는 대로는 안 해주려고."

"뭐?"

"그렇게는 안 한다고. 걔가 원하는 게 그거잖아. 애기 데려와서 우리 집에서 키우고 주말에만 오겠다는 거잖아. 내가 이해한 게 맞지? 안 들어도 뻔하지."

"그런 거겠지."

"근데 그렇게는 안 해 못 해."

"진짜 끝까지 안 도와주려고? 자기가? 자기 성격에?"

"대신에 다른 방법을 쓰려고 해."

"뭔데?"

남편은 행자 할머니의 말을 끝까지 다 듣고는 결국 고개를 끄덕이며 동의를 표했다.

"선생님, 잘 지내시죠?"

"아이고 어르신 무슨 일이세요?"

"저 혹시 그 대장 선생님이랑 만날 수 있을까요?"

"저희 부장님이요? 무슨 일 있으세요?"

"그게, 만나서 얼굴 좀 보고 이야기 나눠야 할 것 같은데."

"네. 그러면 제가 말씀 전하고 연락드리라고 할게요."

"그러면 고맙죠. 고마워요."

"네. 어르신 잘 지내시는 거 맞죠?"

"잘은 못 지내고요."

"네? 저도 사실 학교가 그리워요."

"나도요. 그럼, 말 좀 꼭 전해줘요."

그리고 다음 날, 부장과 행자 할머니는 연비동 냉면 맛집에서 회동했다. 단둘이 만나는 것도 이야기를 나누는 것도 어색하기 짝이 없는 일이었지만 이내 그 만남은 화기애애하게 변했다. 마지막에 부장은 행자 할머니에게 허리 숙여 인사하며 고맙다는 말을 반복했다. 심지어는 눈가에 눈물이 살짝 맺히기도 했다. 행자 할머니는 별거 아니라는 듯 마주 인사를 나누고 만남을 파했다.

"자 어르신들, 이제 여기서 새롭게 수업을 시작할 거예요. 그 전 건물보다 훨씬 낫죠? 1층은 입문반이랑 중학 1반이 쓸 거고요, 2층은 중학 2반이랑 고등반이 쓰도록 할게요. 자, 문앞에 표시가 되어 있으니 보시고 잘 찾아 들어가세요. 참, 그리고 화장실은 층마다 하나씩 있으니 편하게 쓰세요."

부장은 이사 후 첫 등교를 챙기느라 정신이 없었다. 어르신들은 이전보다 훨씬 좋아졌다며 덕담을 건넸다. 침울했던 모습은 온데간데없고 다시 활기가 가득했다.

"어르신들 안녕하세요. 진짜 보고 싶었어요."

"저희두요!"

어르신들은 첫 등교 날처럼 설레는 얼굴을 하고서는 배에 두 손을 가져다 대고 배꼽 인사를 하며 답했다. 한 번 사라졌던 학교라 더 귀하게 여기는 듯했다. 승지의 두 볼도 빨갛게 상기되어 있었다. 새로 바뀐 교실을 돌아보고는 웃으며 말을 이었다.

"집 같고 좋죠?"

"네에!"

그런 뒤 이 모든 기적을 가능하게 한 행자 할머니를 잠시 바라봤다가 이내 시선을 거뒀다. 비밀로 하기로 약속이 되어 있었기 때문이었다. 샛별야학의 새 보금자리는 상가가 아니었다. 행자 할머니가 살던 집이었다. 연비동의 2층짜리 오래된 단독주택. 응답하라 시리즈에 나올 것만 같은 레트로 하우스. 합해서 80평인 1층에는 방이 네 개, 2층에는 방이 세 개가 있었다. 원래는 세를 줄 수 있게 세대 분리가 되어 있어 다섯 가구까지 살기도 했지만, 관리가 어려워 방을 줄이고 한 집으로 만들었다. 그래서 1층에는 응접실, 교무실, 중학 1반 그리고 입문반이 자리하고 2층은 휴게실과 중학 2반 그리고 고등반이 자리를 잡았다. 가정집을 학교로 쓴다는 아이디어도 놀라웠지만, 무엇보다 자신이 살던 집을 기꺼이 내주겠다는 생각은 더 놀랍기만 했다. 부장도 처음에는 거절했으나, 나중에는 행자 할머니의 설득에 넘어가 제안을 받아들이기로 한 것이었다. 맨날 귀촌 타령을 하던 남편은 시골 본가로 내려가고 행자 할머니는 아들네 집으로 들어가 살게 되었다. 대신 수업을 듣는 날에는 도우미가 와서 손녀를 봐주기로 했다. 모두에게 좋은 일이 된 셈이었다. 하지만 이 모든 사실을 다른 사람이 알게 되는 게 영 계면쩍었던 행자 할머니는 집을 무상으로 빌려주는 대신 철저히 비밀에 부칠 것을 부탁했다. 그래서 샛별야학을 특별히 아끼고 사랑하는 졸업생이 외국으로 가면서 빈집을 제공한 것으로 하기로 했다. 단, 선생님들은 제외하고. 진실을 알고 있는 선생님들은 오며가며 행자 할머니를 만날 때마다 눈인사를 빼놓지 않았다. 그것까지 안 된다고 할 수 없었던 행자 할머니는 인자한 미소로 인사를 받아주었다.

"형님! 오랜만이야. 잘 지냈수?"

순자가 걸걸한 목소리로 행자 할머니에게 인사를 건넸다. 곧이어 선녀도 합류했다. 순자를 본 선녀가 한마디 했다.

"못 본 동안 더 살쪘네?"

"뭐가 어째? 자기는 어째 주둥아리 놀리는 건 똑같냐."

"주둥아리?"

"또! 그만들 해."

행자 할머니는 어김없이 투덕거리는 두 사람을 말리느라 정신이 없고 시옷은 그 모습을 바라보며 헤헤 웃기만 했다.

"냅둬요오 보기 좋은데에 이 모습 은근 그리웠다니까요오."

그 말에 행자 할머니가 슬며시 웃었고 순자와 선녀는 짐짓 서로를 째려보았다. 그리고 이어진 영어 수업. 역시나 그리웠던 채란의 카랑카랑한 목소리가 교실 안에 울려 퍼지기 시작했다.

"어르신들! 이제 다시 시작! restart!"

그렇게 샛별야학은 새 보금자리에서 수업을 재개했다.

에필로그

"중학 2반 졸업생 대표는 앞으로 나와주세요."

행자 할머니가 챙이 넓은 모자를 쓰고 앞으로 나갔다. 오늘은 샛별야학의 졸업식이 있는 날. 장소를 따로 대관하지 않고 거실 쪽 폴딩도어를 모두 젖히고 마당에 의자를 깔아 단상과 좌석을 마련했다. 졸업생 대표로 행자 할머니가 앞에 서자 어디선가 환호가 들려왔다.

"행자! 우리의 행자!"

"역시! 중학 1반의 자랑!"

"형님 해낼 줄 알았수다!"

그리운 중학 1반의 멤버들이었다. 석순자는 반찬가게를

오픈한 뒤로 도저히 학업과 병행할 수 없어 1년 만에 그만두었고 선녀는 산악회 재미에 빠지는 바람에 평일이고 주말이고 등산을 다니느라 중간에 포기하고 말았다. 시옷 역시 취미 부자인 탓에 동호회에 불려 다니고 출사하러 다니는 통에 출석 일수를 다 채우지 못했다 결국 무리 중 중학 1반에서 중학 2반으로 진급해 끝까지 학업을 마친 건 행자 할머니 하나였다.

"할머니! 멋져요!"

앳된 목소리가 다시 들려오자 행자 할머니는 고개를 옆으로 돌렸다. 아들 부부와 손녀 효영이가 얼굴보다 더 큰 꽃다발을 들고서 손뼉 치고 있었다. 부끄럽기도 하고 민망하기도 해 행자 할머니는 잠시 얼굴을 붉히다가 손가락 하트를 날려 주고는 다시 앞을 바라봤다.

"제32회 샛별야학 졸업식을 거행하겠습니다. 중학 2반 대표 김행자 외 5명은 우수한 성적으로 학업을 마쳤으니 이에 졸업장을 수여함. 그동안 수고 많으셨습니다."

나이가 지긋한 초대 교수부장이 멘트를 하고 졸업장을 수여하자 여기저기서 사진을 찍기 시작했다. 교수부장과 행자 할머니는 손을 맞잡은 채로 돌아가며 자세를 취해주었다.

행자 할머니는 겉으로 기분을 드러내는 타입은 아니었지

만, 이날만큼은 달랐다. 야호, 하고 외치며 두 팔을 위로 쭉 뻗었다. 그뿐만이 아니었다. 중학 1반 할머니 3인방에게 다가가 머리를 콩콩 쥐어박고는 깨무는 시늉을 했다.

"형님!"

"왜 또 이런대요?"

"귀여워서. 너무 귀여워서 한 대 때려주고 싶어. 자기가 얼마나 귀여운지 모르지?"

"아이, 형님 하고 싶은 대로 하게 냅두자고요오. 때리셔요. 더 때리셔요오."

시옷은 기꺼이 자기 이마를 들춘 뒤 꿀밤을 먹이라고 했다. 그러자 행자 할머니가 활짝 웃으며 시늉만 하고는 시옷을 살포시 안아주었다.

"사진 한번 찍어드릴까요?"

리본이 달린 블라우스를 입은 승지가 다가와 사진을 찍어주겠다고 했다. 행자 할머니는 도리어 그녀를 붙잡아 당겼다.

"우리 선생님이랑 단둘이서 한번 찍을래."

행동이 잽싼 선녀가 나서 둘의 거리를 확 좁혀주고는 스마트폰으로 재빨리 사진을 찍었다. 브이를 했다가 꽃받침을 했다가, 둘은 어느새 소리 내 웃기 시작했다. 그간 함께 겪은 사건들과 함께 보낸 시간이 머릿속으로 스쳐 지나갔으리라. 그런 둘의 행복한 시간을 방해한 건 행자 할머니 가족이었다. 남편은 멋쩍어하며 가녀린 꽃들로 만든 꽃다발을 건넸다.

"축하해, 허허허, 쑥스럽긴 허네, 내가 꽃다발 준 게 얼마 만인지."

행자 할머니는 꽃다발에 코를 가져다 대고 향기를 맡았다. 그와 동시에 얼굴에는 평화로운 미소가 번졌다.

"할머니랑 우리 엄마 아빠랑도 찍어요!"

"그래 효영아. 우리 다 같이 한번 찍자."

그렇게 다섯 식구는 처음으로 가족사진을 남겼다.

"이제 저쪽으로 이동하셔서 준비한 다과 드시면서 말씀 나누면 좋을 것 같아요."

채란이 다가와 중학 2반 쪽으로 안내했다. 행자 할머니는 그쪽으로 가다가 다시 돌아왔다.

"우리 복덩이들이랑 사진을 못 찍었잖아! 가족이나 마찬가지인데!"

"형님! 끝까지 우리 울리기야?"

순자는 촉촉해진 눈가를 소매로 지그시 누르며 말했다. 선녀 역시 감격한 표정으로 다가와 부둥켜안고 시옷도 질세라 행자 할머니의 품으로 파고들었다. 넷은 한 덩어리가 되어 울었다가 웃었다가, 다시 울었다가 웃었다가 그렇게 졸업식의 구경거리 하나를 만들었다. 그들을 보며 누군가는 손뼉을 쳤고 또 누군가는 휘파람을 불었고 누군가는 장관이네! 외치며 엄지손가락을 치켜들었다. 그 소란을 뚫고 채란이 다가왔을 때야 넷은 겨우 서로에게서 떨어졌다.

"그럼 네 분, 사진 찍을게요. 하나 둘 셋 피쉬!"

채란이 파닉스를 가르칠 때 하던 멘트를 했다. 그러자 넷의 얼굴에 웃음꽃이 피었다. 화기애애한 분위기가 이어지고 있는데 갑자기 행자 할머니의 얼굴이 굳었다.

"형님 갑자기 왜 그래?"

순자가 이상함을 느끼고 주위를 살피는데 중절모를 쓴 백발의 노신사가 지팡이를 짚으며 마당으로 들어서고 있었다. 나이는 아흔이 가까워 보였지만 깔끔하게 잘 차려입은 모습이었다. 다들 아무 말도 못 하고 누군가 싶어 바라보는데 효영이가 달려가더니 와락 안겼다.

"증조할아버지!"

행자 할머니의 부친이라는 걸 알게 된 일행은 급하게 인사를 하고 자기소개를 하기 시작했다.

"아이고 아버님, 저는 행자 형님의 오른팔 석순자라고 합니다."

"아니죠, 아버님. 제가 행자 형님의 오른팔이고요. 이 여편네는 왼팔이에요."

"뭐가 어쩌고 저째?"

"여기서 또 좋은 날에 이럴 거예요 오?"

간신히 시옷이 둘을 말리고 그 사이에 섰다. 행자 할머니는 쉽사리 다가오지 못하다가 아버지가 인사를 받는 사이 조금씩 거리를 좁혔다. 중절모를 벗고 자기 딸임을 확인한 노신사는 뚱한 표정이기는 했으나, 자세히 보면 입가가 조금씩 올라가고 있었다.

"아버지……."

행자 할머니는 직접 안기는 대신 졸업장을 품에 안겨주었다. 노신사는 그걸 펼쳐보지도 않고 딸을 끌어당기더니 등을 툭툭 두드리며 크게 소리 내어 말했다.

"수고했다, 우리 딸."

그 말에 행자 할머니는 주저앉아 울음을 터뜨렸다. 그러자 아버지가 다가서 지팡이에 몸을 의지한 채 한 손으로 딸의 등을 어루만졌다. 난생처음 느낀 따뜻함에 눈물이 더욱 복받쳐 오르는 걸 참고 행자 할머니는 일어서 아버지의 팔짱을 꼈다. 채란이 앞으로 나섰다.

"두 분, 사진 하나만 찍을게요. 다정하게. 하나 둘 셋. 웃으세요."

그 찰나는 한 장의 사진 속에 영원히 남게 되었다.

작가의 말

어찌 된 일인지 소설을 쓸 때보다 작가의 말을 쓸 때가 더 떨리고 어렵습니다. 『반짝반짝 샛별야학』은 어느 순간 제게 찾아온 이야기입니다. 행자 할머니가 자신의 이야기를 써달라고 빨리 받아 적으라고 독촉하기 시작했고 어느새 자신의 일원들을 데려와 사건을 벌이고 해결하고 울고 웃기 시작했습니다. 다 쓰고 나니 미안해지더군요. 저보다 더 잘 쓰는 멋진 작가님을 만났더라면 그 이야기가 좀 더 실감 나고 완성도 높게 만들어졌을 텐데, 하고요.

하지만 저에게는 행운과도 같은 일이었습니다. 두 달간 바짝 집중하고 깊이 빠져드는 시간을 보낼 수 있었으니까요.

그렇습니다. 이 작품은 2023년 1월 초에 제게 찾아왔습니다. 어렴풋이 완성된 것은 2월 말이었고요. 그러고 보니 꼬박 1년이라는 시간을 보낸 뒤에야 그 완전한 모습을 드러내게 되었습니다.

이야기를 퇴고하는 동안 저는 인고의 시간을 보냈습니다. 이 에피소드가 마음에 들지 않아 고치다 보면 다른 에피소드도 손을 봐야 하더라고요. 그뿐만 아니라 누구의 말처럼 마법의 가루라도 뿌린 듯 오ㆍ탈자도 계속해서 나타났습니다. 1고와 2고 그리고 3고 그 후에도 많은 버전의『반짝반짝 샛별야학』이 탄생했습니다. 결국, 그 모습이 완성에 가까워져서야 마음을 놓을 수 있었어요. 이제야 독자분들을 만날 수 있겠다는 생각을 했습니다.

저는 1980년대에 태어나 90년대를 부러워하며 2000년대에 청춘을 맞이하였습니다. 그래서 그 윗세대에 대한 존경심이 있습니다. 특히나 저의 이모들을 보면 그러한 마음이 더욱더 확고해지는데요. 먹고살기 바쁘고 정규교육을 받는 것조차 사치였던 그 시대를 어떻게 버티며 살아왔을까, 생각하면 정신이 아득해지기도 합니다. 그중에서도『반짝반짝 샛별야학』의 행자 할머니라는 캐릭터의 모티브가 되어준 저의

큰이모는 제가 정말 닮고 싶은 인물 중 한 분입니다.

소설을 쓰며 삶이란 무엇인지 배움이란 무엇인지를 더 가깝고 깊게 생각해볼 수 있었습니다. 때로는 적정 거리를 유지하며 눌 흐으릇 시느 낏에 허루허루를 버티는 데에는 더 적합할 수도 있습니다만 이 기회를 통해 인생의 방향이나 꿈에 대해 큰 그림을 그릴 수 있게 되었어요.

저에게 또 다른 배움의 기회가 주어진다면 무엇을 공부하고 싶은지 어떻게 살아야 반듯한 삶인지를 지금도 곱씹고 또 곱씹고 있습니다. 비록 그 질문이 쳇바퀴 같은 일상에 파문이 되어 저를 괴롭힐지라도요.

이 작품이 지금의 모습이 되기까지 애써준 분들이 참 많습니다. 무엇보다『반짝반짝 샛별야학』의 가능성을 봐주시고 지금껏 원고를 살펴주신 하지순 주간님께 고마움을 전하고 싶습니다. 그리고 출간의 기회를 주신 출판사 나무옆의자에도 감사 인사를 드립니다.

독자분들이 이 이야기를 어떻게 읽어주실지가 참으로 기대됩니다. 쓴 약과도 같은 비판도 단 칭찬도 달게 받겠습니다. 부디 읽는 동안은 즐거운 시간이 되기를 바랍니다.

저는 늘 다음 기회가 목마른, 이제 막 출발선에 다시 선 작가입니다. 『반짝반짝 샛별야학』 이후로도 제게 찾아오는 이야기를 잘 완성하고 세상에 내놓을 수 있으면 좋겠습니다. 그렇게 된다면 정말 더 바랄 게 없습니다.

반짝반짝 샛별야학

초판 1쇄 인쇄 2024년 2월 27일
초판 1쇄 발행 2024년 3월 5일

지은이 최하나
펴낸이 이수철
주 간 하지순
교 정 구경미
디자인 최효정
마케팅 오세미, 전강산
영상콘텐츠기획 김남규
관 리 전수연

펴낸곳 나무옆의자
출판등록 제396-2013-000037호
주소 (10449) 경기도 고양시 일산동구 호수로 358-39 동문타워1차 703호
전화 02) 790-6630 팩스 02) 718-5752
전자우편 namubench9@naver.com
페이스북 @namubench9
인스타그램 @namu_bench

ISBN 979-11-6157-165-2 03810